O SIMPLES
CORONEL MADUREIRA

MARQUES REBELO

O SIMPLES
CORONEL MADUREIRA

3ª edição

EDITORA
NOVA
FRONTEIRA

©1967, 2003 by José Maria Dias da Cruz e Maria Cecília Dias da Cruz

Direitos de edição da obra em língua portuguesa no Brasil adquiridos pela EDITORA NOVA FRONTEIRA S.A. Todos os direitos reservados. Nenhuma parte desta obra pode ser apropriada e estocada em sistema de banco de dados ou processo similar, em qualquer forma ou meio, seja eletrônico, de fotocópia, gravação etc., sem a permissão do detentor do copirraite.

EDITORA NOVA FRONTEIRA S.A.
Rua Bambina, 25 - Botafogo - 22251-050
Rio de Janeiro - RJ - Brasil
Tel: (21) 2537-8770 - Fax: (21) 2537-2659
http://www.novafronteira.com.br
e-mail: sac@novafronteira.com.br

Equipe de produção
Leila Name
Izabel Aleixo
Janaína Senna
Ana Carolina Merabet
Andrea Hecksher
Daniele Cajueiro
Ligia Barreto Gonçalves
Shahira Mahmud

Preparação de originais
Gustavo Penha

Revisão
Cláudia Ajúz
Eni Valentim Torres

Diagramação
FA Editoração Eletrônica

CIP-Brasil. Catalogação-na-fonte
Sindicato Nacional dos Editores de Livros, RJ

R231s
3. ed.

Rebelo, Marques, 1907-1973
O simples coronel Madureira / Marques Rebelo – 3. ed. – Rio de Janeiro: Nova Fronteira, 2003

ISBN 85-209-1545-0

1. Romance brasileiro. I. Título.

CDD 869.93
CDU 821.134.3(81)-3

Entrevista com Marques Rebelo

Marques disse ao repórter que morava no topo de uma ladeirinha, informação transmitida ao chofer de táxi, que depois de subir a íngreme Almirante Salgado, em Laranjeiras, observou, de cara feia: subida arretada.

    O escritor mora com a família (dois filhos; o rapaz é pintor, estudou em Paris). Tem quadros de várias escolas, de boa qualidade. O ambiente é limpo, nem claro nem escuro, agradável. Há bastante literatura por certo, mas o que se vê logo são livros de caricaturas de diversas procedências e nacionalidades: "Tenho loucura por essas coisas", nota Rebelo. O apartamento é espaçoso, o que não se percebe à primeira vista, pois, na entrada, segue-se por um corredor estreito com várias portas nas paredes, sugerindo um pouco aqueles cenários de pesadelo que Hollywood fazia na década dos trinta, quando o *Reader's Digest* lhe revelou os mistérios da psicanálise.

    Marques Rebelo está no quarto: uma cama de casal, uma escrivaninha, duas cadeiras, armário embutido, um compartimento onde guarda manuscritos, anotações, livros — suas ferramentas, em suma; e o que é importante, um aparelho de ar-condicionado. São servidos cafezinhos, acendem-se os cigarros. Rebelo recusa o isqueiro do repórter; se não usar fósforo, não sente que tenha fumado. Ajeita o cigarro na piteira e risca o fósforo num gesto circular, extremamente carioca.

    Ele é baixo, bem fornido, o cabelo rente, o nariz grosso. Os olhos são atentos, mas serenos por trás dos óculos; olhos de quem está habituado a não se deixar levar pelo que vê. A boca é impressionante, grande e de lábios regulares. Rebelo é uma das poucas pessoas que realmente falam pela boca. Ela tem surtos de paixão, de humor, de ferocidade. Ele parece abocanhar a quem comenta. Seu passionalismo, entretanto, é, de modo geral, contido. Marques se mexe, desordenadamente às vezes, corta o ar com gestos curtos e violentos, encolhe-se ou se eriça, mas sua expressão é cultivada. Ataca, elogia e esclarece com os pronomes, partículas e verbos nos lugares certos. Usa "tivera", "fora", "houvera" assim como "já os tivera" etc., em conversação normal. Os escritores, em sua maioria, são criaturas inarticuladas, pouco falantes, ou compõem e editam frases no processo de conversar: a extrema economia ou a deformação profissional agindo sobre a personalidade. Rebelo é dos últimos. Tem um jeito peculiarmente carioca de falar, não só na pronúncia, como no tom. Uma das chaves do humor carioca é, talvez, seu jeito conciliatório, persuasivo. O humorista local diz o texto como se o interlocutor concordasse com ele *a priori* cheio de "você sabe", de "é, é" etc., com ar de falsa amabilidade que corresponde à forma casual dos humoristas ingleses ao perpetrarem suas maldades.

Rebelo, carioca da gema, tem 54 anos de idade. "Nenhum de nós é batizado, a família toda é pagã, mas, aos 11 anos, por obra e graça de um pastor protestante, amigo nosso, eu já conhecia a Bíblia de trás para adiante. Foi um dos livros que mais me influenciaram como escritor. Aos 17, eu fazia uma versalhada de tatibitate, com os cacoetes da época. Estávamos em plena campanha moderna, existia um esforço de artistas e intelectuais de valorização do homem brasileiro, de redescoberta do país nos seus próprios termos. Da mesma forma que o movimento romântico foi nosso primeiro surto de anticolonialismo artístico, o movimento de 22 levou-nos para a cultura do século XX.

Esta revolta alastra-se no campo social. A revolução de 30 é, de certa forma, filha espiritual do modernismo. Significava o abandono da mentalidade de fraque e cartola, da fossilização da Velha República; é a possibilidade de experimento, a aceitação da juventude como um agente político de primeira grandeza, através do vigor do tenentismo.

Do ponto de vista literário, houve excessos. Descuidava-se ostensivamente do uso correto da língua, por exemplo, para reagir ao formalismo excessivo que nos precedia. Isto resultou no chamado 'moderno analfabeto' que, até hoje, tem livre trânsito em certos círculos. Mas os verdadeiros escritores foram aos poucos reencontrando a tradição do estilo, já acrescida, enriquecida de suas próprias descobertas. Por outro lado, os revolucionários de 22 empenharam-se também em valorizar o que lhes parecia importante no passado. Propiciaram a redescoberta de Machado de Assis, Manuel Antônio de Almeida, Raul Pompéia e Lima Barreto, dentro do critério que resistiu, essencialmente, até o presente. O próprio Machado é um exemplo de progressão histórica em literatura: o romântico que vai pesquisando o realismo e naturalismo, para, por fim, encontrar culturalmente na ficção inglesa a base da expressão do seu temperamento.

Quanto a mim, apesar de sentir vocação, a princípio não me achava muito capaz de escrever. Fui sorteado para o Exército, quebrei a espinha e fiquei oito meses de cama. Quando levantei, já era uma onça literária.

Antes disso, que aconteceu em 1927, eu lia, procurava nos livros um caminho. Diversos escritores me impressionaram em diversas épocas. Lembro Machado, Manuel Antônio de Almeida, Ribeiro Couto, Joyce (de *Dubliners*), Bret Harte, Raul Pompéia, Balzac, Thackeray, Claude Tillier, Stendhal (o *De L'amour*), George Moore, Galsworthy, Flaubert, Theodore Dreiser, Sterne, Proust; alguns dos citados são artistas menores, como Eça de Queirós, por exemplo. Hoje construímos melhor do que ele, mas houve época em que era um achado. E o peso de um escritor, como influência, não pode ser medido em termos de posteridade. Há influências meteóricas que aclaram este ou aquele caminho, e levam-nos, às vezes, a direções diametralmente opostas às sugeridas. Em dado momento, entretanto, servem como o guia ideal da nossa ordenação de conhecimento.

Não posso esquecer também Jules Renard e J.P. Jacobson. O diário de Renard e seu *Poil de Carrotte* me marcaram para sempre. Meu *O espelho partido* foi organizado em forma de diário por força da lembrança de Renard."

A obra de Marques Rebelo é relativamente pequena, nos termos de produção em massa de certos escritores de hoje. Mas, no consenso crítico, é um dos homens que revolucionaram o conto entre nós, livrando-o do lastro "maupassanesco-vagabundo", na expressão de Rebelo, que predominava até ele. Sua literatura, seguindo a linha de revalorização do brasileiro traçada em 22, vai do mulatismo desinibido de *Oscarina* (1931) à visão social de uma época iniciada com *O espelho partido*. O realismo de Marques Rebelo é urbano e especificamente carioca, com a linguagem clara, fluente e desatada do carioca. Como a maioria dos escritores importantes no Brasil, ainda oferece muito campo virgem de estudo, à espera de inéditos críticos aventurosos. Os imitadores do seu realismo, da sua capacidade descritiva e maneira de modular modismos, são muitos e, muitas vezes, passam aos olhos da crônica literária como talentos genuínos e originais. Publicou até hoje: *Oscarina, Três caminhos* (1933, os dois livros foram reunidos num só volume pela Martins), *Marafa* (1935), *A estrela sobe* (1939), *Rua Alegre* (1940), *Cenas da vida brasileira* (1943), *Stela me abriu a porta* (1944), *Vida e obra de Manuel Antônio de Almeida* (1945), os livros de crônicas *Cortina de ferro* e *Correio europeu*. No momento, ocupa-se exclusivamente de *O espelho partido*. Conseguiu, coisa rara entre os escritores brasileiros, que sua obra se mantenha permanentemente nas livrarias.

Marques Rebelo vê o escritor de hoje presa da mania de promoção: "É o bestialógico da vida literária", diz, "em parte isso se deve ao clima criado pela última guerra, ao senso de instabilidade do indivíduo, à convicção de que tudo é passageiro e deve ser aproveitado ao máximo no presente, à exclusão de planos a longo prazo. O artista precisa de recolhimento, de meditação, de distância da realidade aparente, a fim de poder assimilá-la, analisá-la e expressá-la. Esses escritores de coquetel, os profissionais da tarde de autógrafos, são mais atores do que escritores. Funcionam pelo uso das suas personalidades. O culto da promoção tende a converter-se num critério de julgamento; o leitor desinformado passa a julgar livros pelo mérito do lançamento e não pelo mérito cultural.

É claro que essa gente não engana a quem entende de literatura. Existe, porém, um público 'flutuante', influenciável pelo colunismo literário e quejandos; isto, sem falar dos jovens que tentam abrir caminho e terminam por se resignar a seguir pelo cabresto dos donos do mercado, pois não há alternativa; ou ainda, lembro os talentos autênticos, mas corruptíveis, sempre existentes em meios literários, como, aliás, em qualquer meio. A força da promoção decorre, evidentemente, do lugar de destaque dos veículos de comunicação na vida de hoje. Eles se impõem à nossa atenção por todos os lados. Uma escritora admirável como Clarice Lispector, mulher que vive em casa entregue ao seu trabalho, não pode competir profissionalmente com um aventureiro qualquer, cujo nome está em todos os jornais, programas de rádio, televisão e o diabo a quatro. Ela é escritora, ele, analfabeto, mas quem estabelece a diferença para o público?

A crítica se omite do problema promoção *versus* qualidade. Não seleciona, não fixa hierarquias de valores, não orienta, em suma. Valeria como antídoto da mania de promoção, se funcionasse, mas, como está, não passa de um apêndice dos publicitários. Não se trata de falta de capacidade (embora muitos de seus praticantes sejam imbecis), mas de alienamento, de comodismo, de indiferença. Quanto a mim, nunca aproveitei nada da crítica; ora ela me fala à vaidade, ora me irrita, mas estas reações são meramente emocionais, nada acrescentam ao meu trabalho. A exceção é Prudente de Morais Neto (o Pedro Dantas). Ele, no seu tempo, aclarou-me vários problemas, ajudou-me bastante, mais pelas nossas conversas do que pelo que escrevia, pois, é evidente, nem sempre se ocupava de mim.

Daí termos mitos como o da geração nordestina. São escritores de má qualidade literária. Historicamente têm importância pois decorrem da revalorização do homem brasileiro, delineada pela campanha de 22, já referida. Mas não constituem um movimento aceitável pelos seus valores próprios. Outras etiquetas, como geração 45, me parecem igualmente inócuas. De forma alguma, valem como tomada global de posição na cultura brasileira. Trazem aqui e ali, modificações de ordem técnica, mas estão todos ainda na trilha das premissas de 22. Contêm valores individuais indiscutíveis, mas não vejo um quadro conjunto definido ou definitivo. Temos aqui escritores tão diversos em temperamento e talento, embora todos de qualidade, como Cornélio Pena, Clarice Lispector, Otávio de Faria, Lúcio Cardoso, Ciro dos Anjos, Murilo Rubião e Herberto Sales, que acho difícil bitolar. Não sei sequer se devo considerar Clarice Lispector brasileira.

Houve a partir de 22 a possibilidade de afirmação maior do regionalismo; em termos mais corriqueiros, os escritores podiam, então, viver na sua terra e publicar. Antes, teriam de vir para as metrópoles e adaptar-se às suas maneiras e costumes. Daí surgiu, por outro lado, o abuso regionalista: a figura clássica do seu traseiro no Café Simpatia e o coração lá na terrinha rústica. Nada impede, em princípio, o escritor residente em Versailles de escrever sobre vacas, mas os maneirismos da 'cola' regionalista nos últimos anos se devem, não tenho dúvida, a essa dissociação da sensibilidade dos artistas da vivência que pretendem recriar. O indivíduo no Rio de Janeiro, entregue a contemplações bucólicas, findando 'boemicamente' suas noites no *society* das letras, quase infalivelmente cai na estereotipia, na dissolução estilística, no regionalismo de graça superficial, para turistas."

Marques Rebelo não fala como crítico, mas na qualidade de participante da situação defrontada pelos colegas. Partilha os mesmos riscos e ainda tem a coragem de manifestar-se com franqueza sobre o que o comércio chamaria, na sua linguagem estreita, de competidores. Isto faz de Rebelo um quase fenômeno nesta terra onde predomina o sistema de elogios mútuos, ou da divergência motivada pelo elemento meramente pessoal. É uma atitude definidora da personalidade de Marques Rebelo. Vários amigos e admiradores descrevem-no carinhosamente como "louco", quando vem à tona o assunto das suas espinafrações. "Louco", no caso, é colocar qualidade literária acima de prendas sociais, reconhecer que o escritor, como influência cultural, enfrenta tais responsabilidades, que precisa ser constantemente criticado, a fim de não cair no desvio, no carreirismo; é, em resumo, valorizar a coerência e a integridade acima do bom-mocismo profissional. Certo ou errado, Rebelo estimula o debate, significa a procura de um esclarecimento. Todo artista, ao assumir uma posição polêmica, é invariavelmente acusado de ser movido por causas pessoais. Ainda que isto fosse verdade, é preferível para a literatura brasileira o polemista ao adulador. O último, por certo, também motivado por interesses pessoais. E seus interesses, pela maneira como se manifestam, só a ele beneficiam, excluindo qualquer transcendência além de uma rudimentar caridade para com o próximo: esta, talvez, uma virtude no convívio humano, mas insignificante na formação de uma cultura.

Como artista, Rebelo certamente se beneficia da sua sinceridade pública. Ela é também experiência importante como sugestão literária. O escritor depende não apenas de um esforço supremo de memória e de reorganização desta memória, mas da capacidade de expressar-se sem remorsos. Vale tudo o que é autêntico, doa a quem doer, diga-se bobagem ou não. Corre-se o risco.

Hoje, mais e mais Marques Rebelo se dedica ao trabalho. Parece ter chegado àquele estágio onde a própria obra supre suas necessidades de afirmação, prescindindo da maioria dos complementos. É um estado de engolfamento na criação, prescrito por alguns psicólogos como a predominância final do superego. Seja o que for, Marques deixa uma vida bastante aventurosa como lastro, desde as suas atividades na imprensa, rádio etc., ao pioneirismo pelas artes plásticas dos modernos, em meados da década de 40, quando fundava núcleos estaduais receptivos a pintores ainda desconhecidos. *O espelho partido* é autobiográfico e, nele, Rebelo procura definir-se como homem e artista. Em suas próprias palavras: "Nós terminamos, apesar de todo nosso senso de realidade, por não distinguir o dia do sonho, como diria Rilke. E dessa confusão é que me foi saindo *O espelho partido* — caco a caco, mistura de biografia e ficção. Mas ao cabo um grande espelho da minha e de outras vidas, igualmente ásperas, um espelho de nossa época. Ele é muito camuflado. Nele se confundem o homem e o escritor sofrendo o mesmo drama — não saber para o que veio, não sabendo o que foi, não sabendo para onde irá e o que legará."

Paulo Francis
(1961)

O simples coronel Madureira

"Tu me salvarás das contradições do meu povo."
II Reis – 22,24

QUE OS HOMENS NUNCA CONSEGUEM viver tranqüilos, não chega a ser produto de maldição divina, como tentam impingir alguns espíritos malévolos ou obscurantistas. É condição própria da dura existência humana na luta pelo lugar ao sol, cujos raios bem poderiam ser mais calorificamente igualitários. E os exemplos desta universal intranqüilidade, fonte de insegurança e silo de ressaibos, cuja incidência pode levar à morbidez, são, em prosa e verso, para incompreensão de muitos, a invariável e infindável matéria-prima da literatura pelo tempo dos tempos.

E, dito isto, com relativa clareza e elevados propósitos, vamos a que, terminado o almoço, o coronel Madureira — Jonas Madureira da Silva Filho, no Almanaque do Exército, e Madu na intimidade matrimonial, doce diminutivo que datava dos primeiros e inolvidáveis dias de namoro em cenário suburbano, com ruas de sol, pó e cães vadios, tardes de mãos dadas e noites de plenilúnio e serenatas — depois de ouvir as últimas notícias radiofônicas, policiadas mas desencontradas, cheias de sensacionais cassações e prisões, ia tirar uma tora de rede, como vinha se fazendo hábito, que o calor mais convidava, quando o telefone tilintou uma, duas, três vezes, antes que a empregadinha sarará, espevitada, e a terceira daquele semestre, atendesse e o chamasse:

— É para o senhor, coronel.

Abriu os olhos:
— Para mim?
— É sim, senhor.
— Lá vou...
Bocejante, foi se espreguiçando, arrastando os castigados chinelos de couro cru pelo corredor fulgente de sinteco, exigência recente da mulher, muito zelosa do asseio doméstico, novidade de limpeza e economia, que alastrava sensacionalmente entre as suas amizades. O coronel jamais deixava de berrar ao telefone como se o interlocutor fosse surdo e até surdíssimo:
— Alô! Alô! É o Madureira!
A ligação estava péssima, uma ronqueira, uns apitos, uma zoeira, mas sempre deu para entender. Era uma intimação do Alto Comando Revolucionário e ao recebê-la se viu mais no escuro do que o seu homônimo bíblico no bucho da baleia e sem o Senhor para iluminá-lo — ora vejam! Não que fosse contra a revolução — isto nunca! Abertamente, sinceramente, achara, abrindo os olhos de vários colegas, recalcitrantes uns, iludidos outros, cegos uma boa parte, que ela não poderia se atrasar mais com a bagunça imperando na administração, a politicagem desenfreada, as greves de pura agitação proliferando perigosamente, os sindicatos nas mãos de provocadores e pelegos, e sempre considerara esta coisa de sindicato uma arma de dois gumes, os demagogos e subversivos ameaçando as instituições e a paz — sagrada! — da família brasileira e solapando os alicerces da disciplina e da coesão nas Forças Armadas; até que andara conspirando em reuniões, regadas a chimarrão no apartamento, em Botafogo, do general Pantaleão, velho e valoroso amigo de caserna, que fizera brilhante carreira, agora na reserva remunerada, porém ativíssimo nessa história de combater ideologias esdrúxulas, populismos e mais balelas, reuniões que contavam com a presença de valiosos elementos das guarnições do I Exército, da Marinha e da Aeronáutica, de próceres civis e da presidenta da Associação das Damas Católicas, anafada senhora de muitas prendas e formidável entusiasmo, entusiasmo que por ve-

zes tivera de ser precavidamente brecado, e que pelo verbo correntio e conhecido denodo partidário era muito requisitada para entrevistas na televisão e no rádio, onde dizia poucas e boas, no parecer do general Pantaleão, que a ela dispensava rasgada consideração: até que estivera no quartel-general, espontaneamente — para o que desse e viesse! — na hora grave dos acontecimentos, quando tanques, carros blindados, canhões e metralhadoras pesadas espalhavam-se pela cidade em tensão, rigidamente obedecendo a um dispositivo tático, trunfo de que se vangloriava a chefia da Casa Militar da Presidência da República; até que intensamente vibrava com a reviravolta das ocorrências e fulminante vitória dos companheiros de armas e idéias, leais defensores da ordem pública, conseguida sem se derramar uma gota de sangue, sem ser preciso disparar um tiro sequer! evitando uma inglória luta fratricida, que seria a desgraça do país e que ninguém poderia imaginar como terminaria — as guerras civis só se sabe como ou quando começam... Mas que alguma sobra lhe tivesse tocado na urgente reformulação nacional, dentro da honestidade, da autoridade, da democracia, do são nacionalismo e do patriotismo, isso é com que não contara, francamente não contara, vinha lhe perturbar os acalentados planos, depois que alcançado pela compulsória, após injustas e seguidas caronas nas listas de promoções, se preparava para gozar em toda plenitude as delícias da casinha no Rio Comprido, adquirida a perder de vista pela Caixa Hipotecária Militar, bem construída, em estilo marajoara, segundo o bem-falante vendedor, uma verdadeira tetéia, com um quintalzinho subindo o morro que era uma beleza!

Pousou o fone, coçou o queixo olhando a estante. Ficava no corredor a estante dos livros, estante fechada, de imbuia, que o acompanhava por onde andou, na sua comprida e medíocre trajetória militar, sem que mostrasse pronunciados vestígios das reiteradas mudanças. Era a biblioteca, como a mulher a denominava, preservada com bolas de naftalina, periodicamente reforçadas — dicionários, o *Pequeno Larousse*, cujas páginas vermelhas eram um utilíssimo repertório de citações e altíssimos pensamentos, velhos compêndios carinhosamente encapados, a *Gramática expositiva* de Eduardo Carlos Pereira, de que se socorrera na redação de alguns relatórios mais importantes, livros técnicos, publicações da Biblioteca do Exército, manuais de avicultura, jardinagem, agricultura, apicultura, *Porque me ufano do meu país, Os sertões, A retirada da laguna, Heróis e bandidos, As noites da virgem*, de Vitoriano Palhares, presente de um velho companheiro pernambucano, *Sertões em flor*, de Catulo da Paixão Cearense — oferta também de um querido compadre, com o endosso de que aquilo é que era a nossa verdadeira poesia! — *Coma e emagreça* e *Agarre o seu homem*, aquisições essas da cara-metade, *História da II Guerra Mundial*, de Edgard McInnis, comprado no crediário, as *Obras completas* de José de Alencar, também compradas no crediário, cujas ilustrações, pavorosas, considerava da mais excelsa perfeição artística, e várias edições do famoso e compulsado *Almanaque do Exército*, todas com anotações à margem, tantas delas pesadas de amargura pela injustiça que para ele significavam — é que o arbítrio das promoções e designações de postos levava o oficialato a se dividir em quatro distintas categorias: a dos filhos de Deus, que abiscoitavam missões no estrangeiro; a dos filhos do Homem, que não saíam do Rio ou de São Paulo; a dos filhos da puta, que curtiam o interior do Brasil, mas voltavam; e a dos propriamente ditos, que morreriam na roça se não se reformassem — e na última é que ele, por desgraça, tocara ser inserido.

Dirigiu-se para a varanda, com jardineiras de samambaias e patinhos de louça pregados em fila indiana na parede, onde a mulher costurava:

— Você já viu só que espiga, Linda?!... Fui designado para assistir Pantaleão numa interventoria. Há uma porção de interventorias, você sabe. Deve ser coisa de Pantaleão mesmo. Pantaleão tem dessas. Ou precisa, talvez, de gente de confiança, gente que ele conheça. Não posso tirar o corpo fora...

Deolinda, que fizera jus ao apelido em sua requestada mocidade no Realengo, quando sua janela de sobrado fora alvo de incontáveis serestas de apaixonados cadetes dedilhando apaixonados, mas nem sempre muito afinados violões, ainda era mulher passável, vistosa, conservada dentadura, tornozelos bem desenhados, um pouco cheia de busto, de gosto um tanto espaventoso para se vestir, doida para fazer uma operação plástica no nariz, com o qual sempre implicara, achando-o muito abatatado, parecido com o do pai, que o tinha enorme — única vontade que não conseguira impor ao marido, no decurso da longa e fidelíssima vida conjugal, lamentadamente sem filhos, o que os levou, certa ocasião, e servia ele no Paraná, a discutirem, muito animada e seriamente, a adoção duma criança, com todas as formalidades legais, medida que não chegara a tempo por fortuitas circunstâncias — a imprevista remoção, a toque de caixa e de infausta memória, para o interior do Rio Grande do Norte, lugar insalubre, onde campeavam a esquistossomose e a malária, e de parcíssimos recursos, o pior pedaço da sua carreira.

— Tinha graça que tirasse, Madu. Pantaleão é nosso amigo e soldado é soldado! — disse naquela voz de comando que a fizera, em todas as guarnições em que servira o atual coronel reformado, mais temida do que o marido, cumpridor dos deveres, mas pacífico, cordato, sempre propenso a relevar certas faltas. — E onde é?

— No SEGAL.

A mulher conhecia a sigla, muito criticada por certos jornais, única leitura a que se dava:

— Serviço Geral de Abastecimento de Lubrificantes. Vivem em embrulhadas. Fogo naqueles ladrões!

— Claaaaro! — retrucou o militar, tal como gritava aos desajeitados recrutas ao tempo de tenente instrutor, em várias cidadezinhas do sertão e da fronteira: — Aaalto!

— Pulso firme! — acrescentou a coronela, tornando ao trabalho de agulha, bainha de saia que precisava ser abaixada, pois encolhera na lavagem.

— E justiça! Deixa comigo...

— Justiça para ladrões é cadeia.

— Estou de pleno acordo.
— Tinha graça que não estivesse!
Madureira tratou de mudar de assunto:
— Minhas fardas estão em ordem? — e a pergunta tinha cabimento, dado que, há algum tempo, não as usava, exceção feita nos dias febris do movimento militar, quando compareceu seguidamente ao Ministério da Guerra, sem que fosse aproveitado para qualquer missão.
— Lógico que estão. Será que não me conhece?
Se conhecia! E o coronel voltou para a rede de algodão com bonitas varandas, tirou uma pestana até a hora do lanche, quando papava prudentes mingaus de maisena, araruta, milho verde ou canjiquinha — café provocava-lhe uma azia danada!

No outro dia, logo em seguida ao almoço, que era frugal por obediência médica — e outra sesta perdida! —, parava um chapa branca à sua porta, produto nacional novinho em folha, fato que impressionou vivamente os alertados vizinhos, alguns sonhando já com a possibilidade de um pistolão para as emergências, pois dona Linda era muito dada, cumprimentava uma dúzia deles com risonha urbanidade e a outros concedia amáveis dedos de prosa, como era o caso da vizinha da esquerda, dona Dalila, viúva e professora, diretora de um grupo escolar do bairro, sobrecarregadíssima desde que o governo do estado instituíra o horário de três turnos, safa-onça educacional que provocara a maior celeuma pedagógica e oposicionista — no fundo um esperto golpe para concretizar promessas eleitorais.
Repimpado no carro, estofado de vermelho, deu um adeusinho para a mulher que, de quimono estampado e sandália japonesa, fora levá-lo até o portão e abençoava-o a seu modo:
— Vai com Deus!
A professora, convalescente duma intoxicação alimentar — para ela causada por uma lingüiça calabresa comprada na feira e que não estava muito católica —, intoxicação que a prostrara de cama

com um febrão assustador, debelada a doses maciças e caríssimas de antibiótico, pôs vigilante a bicanca na janela, ainda abatida, demasiadamente pálida, os olhos no buraco.

— Está melhor, dona Dalila?

— Graças a Deus estou arribando, dona Linda. Ainda inapetente. Ainda de pernas bambas. Ainda com uma moleza muito grande no corpo. — Fez ligeira pausa: — Estou vendo que o coronel vai assumir algum comando. A situação impõe, não é mesmo?

— Não, dona Dalila. Tudo está calmo. Os cachorros estão com o rabo entre as pernas! É que foi chamado pelo general Pantaleão. Conhece-o, não é?

A professora tinha delicados subterfúgios:

— Não me é estranho o nome...

— Velho amigo nosso. Amigo do peito. E pessoa de peso e medida! Meu marido vai servir com ele. O general foi nomeado interventor no SEGAL.

Dona Dalila sabia vagamente de que se tratava. Recordava-se de ter ouvido, na televisão, uma espinafração em regra passada nela pelo Lacerda — a filha mais nova, temperamental securitária, era lacerdista siderada, não perdia falação do ídolo, móvel de horríveis disputas, perturbadoras da harmonia familiar, pois o filho, aluno um tanto crônico de arquitetura, abominava o político, combatia-o desabridamente em praça pública, membro que era de um comitê estudantil nacionalista, muito empenhado na campanha de alfabetização em massa do povo, na preservação do folclore como defesa da nacionalidade e na luta contra a agressão econômica norte-americana. E dando mais uma prova de delicado tato:

— Ah! meus parabéns. É muito importante.

— Muito importante, mas reduzido a uma grossa bandalheira como tudo andava por aí! É um ninho de comunistas. Mas o general vai sanear o covil! Vai ser uma vassourada em regra!

Poucos minutos depois, porquanto o motorista pisara no acelerador com imprudência e duvidosa perícia, entrava o coronel Madureira no SEGAL, ocupando sete andares em arranha-céu na avenida Presidente Vargas, com lotação maior do que o número de mesas, anormalidade logo verificada pelo inflexível major Oldemar, que tinha a mania fixa da economia:

— É o empreguismo desenfreado! Por estas e outras é que o Tesouro se esvai e o país vai à garra! Vamos botar um cobro nesta pepineira!

O general Pantaleão era homem simpático e educado, bem conservado para a idade, resguardo que atribuía à ginástica sueca que jamais deixara de praticar ao acordar, coadjuvada pela abstemia e reforçada pelo horror ao fumo: cada cigarro é menos um minuto de vida! — afirmava constantemente. Reenvergando um uniforme de campanha, que andara pendurado no cabide da compulsória, cabelo raso, impecavelmente escanhoado, já lá se encontrava na sala dita de espera, cercado por vários oficiais de menor patente, de várias armas, mas todos da ativa:

— Coronel Madureira, a pátria exige o seu sacrifício! O nosso, aliás. Honremos o nosso juramento!

Instintivamente bateu os tacões, perfilou-se:

— Meu general, soldado é soldado!

— Muito bem!

A distribuição dos encargos havia sido anterior e rapidamente feita, apenas se aguardava, por especial deferência do general, a chegada do coronel que, diga-se de passagem, não se atrasara — a pontualidade era para ele um misto de hábito e virtude. O general gastou jargão de cavalaria, embora de cavalaria não fosse, e sim orgulhoso psilito:

— Vamos dar um galope nesta joça! — e, como se fosse tomar uma trincheira inimiga, avançou em direção ao gabinete do ex-diretor, paisano e foragido, metido com os comunistas, segundo se apregoava.

Com o mesmo ímpeto, os outros foram atrás. O reduto tomado de assalto era atapetado de buclê cinzento, tinha ar-condicionado e um retrato de Getúlio Vargas na parede, com a faixa presidencial, e o general contemplou-o com rápida complacência —

eram dos mesmos pagos, onde sopra o minuano, a ele sempre se mantivera leal no apogeu e na desgraça. E houve a primeira dúvida:
— O retrato fica, general?
— Fica! Como não fica?!
Destinara-se ao coronel Madureira a sala contígua, embora sem comunicação direta, um pouco menor, também atapetada, também com ar-condicionado, mas sem retrato.

O sacrifício seria plenamente recompensado — caberia aos interventores uma diária equivalente ao que percebia por dia o mais alto funcionário do serviço, seja o diretor-geral. Mas tal maná o coronel Madureira só soube depois — e Linda iria ficar radiante! conjeturou — à tardinha, quando se reuniu a comissão para encerrar o expediente daquela jornada singular e operosa, porquanto tinha obrado a comissão, se tinha! naquelas açodadas horas de arrombar armários e revistar gavetas e arquivos à cata de material subversivo ou de provas de corrupção, auxiliada por uns poucos dedos-duros, que denunciavam companheiros por idéias extremistas, manto profilático que em mor parte dos casos escondia inconformadas decepções de repartição, vinganças contra pretensas desconsiderações e injustiças sofridas, quando não uma rasteira vontade de fazer média com os novos donos da bola. O material subversivo encontrado foi aparentemente decepcionante — retratos publicitários de líderes populares, cartazes, flâmulas, distintivos, volantes, manifestos e programas partidários, que eram saldos da eleição passada, folhetos sobre a reforma agrária, as concessionárias de petróleo, o caso Hanna e os reajustes salariais, uma *Cartilha do Povo*, alguns jornais com fama de esquerdistas, revistas de assuntos políticos e econômicos, uns raros livros de duvidosa suspeição e uma lista com numerosas assinaturas, correspondendo a variáveis quantias, que elucidaram se tratar de um presente para uma coleguinha que se casara, mas os investigadores não se deixaram facilmente embair — iriam averiguar. E tudo foi embrulhado, lacrado, rubricado e a sete chaves guardado para esmiuçadores e superiores estudos e conclusões. Quanto a provas de corrupção, a olho nu, nenhuma! Mas a insuficiência das buscas não impediu que se considerasse uma vergonha toda a organização. Um ninho de ratos! E ratos de barriga vermelha! Mas haveria de entrar nos eixos, ó se haveria! Doravante outros galos cantariam!

— Acabou-se o tempo da marmelada! — asseverou o corpulento capitão Tibiriçá, suando por todos os poros.

— E do esbanjamento! — acrescentou o major Oldemar.

— Os larápios vão comer da banda podre!

— Os subversivos também!

— Ou vai, ou racha!

— Vai, como não vai?!...

— Pé na tábua!

E compunha-se a comissão saneadora, além do general e do coronel, de dois majores, três capitães, um deles genro do general, cinco tenentes, dois dos quais eram filhos de generais, e um igual número de sargentos, mandados de volta aos quartéis quatro dias depois, salvo um, o sargento Josimar, que ficou encarregado da portaria. Coubera a Madureira a honrosa incumbência de substituir eventualmente o general Pantaleão na chefia da interventoria e mais a presidência de uma comissão — Comissão de Revisão de Contas, imediatamente crismada de CRC — composta de três membros, sendo os outros dois gente da casa, mas revolucionários reconhecidos e devotados: um procurador, e havia três, e o contador-geral, muito perseguidos todos pelo governo deposto, conforme deram humildemente a entender.

Causou profunda estranheza ao bravo general-de-divisão que o importante órgão de abastecimento de lubrificantes, cuja criação admitia como acertadíssima, embora que em perfunctória tomada de contato se lhe afigurasse bastante precário quanto ao funcionamento e reais diretivas, não tivesse um boletim de serviço:

— Não compreendo como não tenham um BS! — declarou a modo de severa crítica, o que esfriou algumas espinhas funcionais, acostumadas à balbúrdia deposta e com outras culpas no cartório.

— O general tem razão. Inteira razão. É verdadeiramente incompreensível! — endossou um tenente.

— É uma lacuna injustificável — concordou o contador-geral. — Sempre dizia isso, sempre, mas ninguém me ouvia...

— O bom senso encontra sempre ouvidos moucos — aduziu o general.

O contador-geral recebeu as palavras como ponto que se conta a favor naquele jogo ainda penumbroso, mas dava a cabeça a cortar se não se saísse airosamente daquela alhada — logo de princípio se equilibrara, iria maneirando... E tratou-se incontinenti de se estabelecer um BS, mimeografado, por sugestão do major Oldemar — para maior economia e presteza —, cujo nº 1 foi confeccionado depois do expediente, por duas datilógrafas e um contínuo cabeludo, que voluntariamente se prontificaram a dar conta da imprescindível tarefa, já que o boletim devia ser impreterivelmente distribuído no dia seguinte a todos os funcionários, à medida que fossem assinando o livro de ponto, livro que, constataram de imediato, até então só funcionara como elemento decorativo, mais precisamente como uma palhaçada, e o major Oldemar bolou logo a urgente instalação de relógios de ponto; mas em razão do adiantado da hora e das anárquicas circunstâncias, o seu texto não constou mais do que a reprodução, com dois erros datilográficos prontamente perdoados em vista da boa vontade e graciosidade da datilógrafa, do Ato Institucional, acrescentado de um "Viva o Brasil democrático", da lavra do general.

— Não acha, general, que deveríamos acrescentar qualquer parágrafo incisivo sobre o esmagamento da hidra comunista? — opinou o capitão Tibiriçá.

O general Pantaleão não gostou:

— Não, capitão. Não exageremos. Como está, fica. Como primeiro número está plenamente satisfatório. — E para adoçar a pílula, que o capitão, afinal, era filho de um excelente colega, servindo no Estado-Maior: — Em outra oportunidade, seguramente no número de amanhã, focalizaremos o assunto. E seremos mais convincentes, daremos mais ênfase. Hoje teríamos materialmente de ser muito sumários.

Antes da saída dos funcionários, o general Pantaleão convocou os chefes de seção (provisórios, meus senhores!) e comandou:
— Amanhã às sete horas, todos a postos!
— Excelência, o horário aqui é corrido, das 11 às seis, respeitando o Estatuto dos Funcionários — advertiu o procurador-chefe com leve sorriso e leve genuflexão. — Além do estabelecido temos que considerar como horas extraordinárias e isto acarretaria reforço de verba.

O major Oldemar intimamente achava que o estatuto fosse para o diabo — chega de malandragem! Mas o general fingiu que se esquecera:
— Hã, tem razão. É tanta coisa na minha cabeça...
O procurador-chefe meteu a lábia:
— Salvo se Vossa Excelência deseja alterar o horário. Sendo horário corrido, não haveria inconveniente. E veria que o pessoal gostaria de colaborar...
— Não! Absolutamente não! — apressou-se a suprema autoridade intervencional. — Fica como está. Basta que se trabalhe com entusiasmo e decência. É a colaboração que peço. O Brasil precisa de entusiasmo e decência. Estava podre! — E deu nova voz de comando: — Amanhã às 11! — e saiu pisando forte, mas não prussianamente, como que recordando os autoritários passos de quartel, saudade que por vezes lhe falava ao coração.

O procurador-chefe curvou-se numa reverência de bom moço, Madureira regalou-se e disse com seus botões: — Felizmente que a estopada é de tarde... De outro modo seria fogo! — É que depois de tantos e tantos anos de acordar de madrugada, pois as atividades, primeiramente na tropa como soldado raso, cabo, sargento, depois na Escola Militar e em seguida nas unidades em que serviu, após se graduar, começavam antes do sol nascer, descobrira, na compulsória, o prazer da boa caminha com colchão de molas, até as oito horas, após o que, feitas as rápidas abluções, de pijama e café bebido, ia ler o jornal na cadeira de balanço da varanda e só quando terminada a circunspecta leitura, que incluía os anúncios classificados, onde encontrava tantas coisas curiosas para vender, marchava para o quintal a plantar, a podar, a cavar, a regar, a cuidar de galinhas e pintos (comprara uma chocadeira elétrica infernal!), distração que o transportava, sem que percebesse, ao pequeno e remoto mundo rural onde nascera, para então tomar o seu banho de chuveiro, frio no verão e no inverno, e almoçar sossegadamente, saboreando os quitutes caseiros, supervisionados pela mulher, carregando na pimenta-de-cheiro e na farinha, sempre forçando a brincadeira conjugal:

— Coma farinha, Linda! Farinha sustenta cabra no eito!

— Farinha engorda, Madu. Tenho que me controlar. Estou muito gorda. Já não tenho vestido que não esteja apertado.

— Gorda coisa nenhuma! Está ótima! Vocês mulheres acabam amalucadas com esta mania de gordura!

E ele não gostava de mulher magricela e o que mais o cativara fisicamente em Deolinda, quando namorada, fora a gordurinha macia dos quadris, combinando tão a preceito com a suave fartura do colo, ó aqueles bailaricos no Clube da Espada e no Círculo 24 de Maio! e o primeiro beijo furtivo na saída da festa de são João, com fogueira, balões, quadrilha e quentão, ela fantasiada de caipira e tão pundonorosa: — Que maluco você é, Madu! — mas acabando por retribuir o beijo com fervor, quando a cândida alma do cadete foi tomada por viril tremura.

Chegou em casa meio arriado, todavia satisfeito por trazer a boa nova para a querida companheira:

— Sabe quanto vamos ganhar, Linda?

A tentadora donzela do Realengo, que o preferira a todos os requestadores, cuidou que se tratasse do aumento de vencimentos e decorrentes vantagens, que os militares, aperreados com o crescente custo de vida, pleiteavam desde os últimos meses do governo derrubado e os líderes governamentais manhosa e morosamente encaminhavam o projeto a troco de consolidação política na sabidamente dividida área militar:

— Saiu?! Puxa, foi a jato!

— Não. Ainda não. Estou falando do que iremos ganhar de diárias na interventoria. Vamos ter diárias. Adivinha!

Deolinda, o que tivera de dengosa e inexperiente namorada tinha de esposa prática — veja-se como podem ser as mutações femininas! —, franziu os beiços carnudos com nítidos vestígios mulatais: certamente seria uma bobagem, bem conhecia o marido que se contentava com qualquer ninharia, que agüentara firme todas as preterições, que sempre fora mandado servir nos confins do inferno sem tugir nem mugir — um trouxa! Ele, porém, cantou a polpuda quantia — ela estremeceu —, era uma folga financeira que caía do céu! Mas não deu o braço a torcer:

— Nada mais justo, ué! É preciso moralizar este país, começando por quem trabalha, por quem tem responsabilidade. Vocês têm que se virar para limpar esta bagunceira! Dar duro! — E com um súbito grão de desconfiança: — Mas isso não irá prejudicar o aumento?

— Não — apaziguou-a. — De nenhuma maneira! O aumento é outro assunto. Está na pauta das reivindicações. Pantaleão hoje mesmo me garantiu. Conversamos a respeito. Pantaleão sabe. E não demora muito. Irá a jato, como você disse.

— Ah, bem. Assim, sim.

E começou a fazer projetos para gastar as diárias:

— A gente poderia comprar uma máquina de lavar roupa, não é? Facilitaria essa questão de lavadeira, que está ficando um problema. Ninguém quer mais nada com o trabalho, Madu. Só quer é folga, sombra, água fresca!

E ele que não almejaria outra coisa:

— Mas a máquina lava também as minhas fardas? Vou precisar muito delas novamente. Tenho funções a cumprir e, pelo cheiro, acho que serão demoradas.

— Que idéia, Madu! Seu fardamento continuará sendo lavado na lavanderia da Aeronáutica. É baratíssimo! Estava falando da roupa miúda da casa.

— Ah, sim.

— Uma máquina de lavar roupa e um aparelho novo de televisão. Desses que têm controle remoto. São muito práticos e o nosso está uma porcaria, não há mais conserto que dê jeito. Não adianta gastar dinheiro em técnico.

— Você exagera. Está bonzinho.

— Que bonzinho. Uma bomba!

— Vá lá!

— E um faqueiro de prata...

— Mas o nosso não é tão bom? — interrompeu-a. — Inoxidável. Fabricação gaúcha, igual ou melhor do que a estrangeira!

— Ficará para o diário. Sempre tive loucura por um faqueiro de prata, você sabe! Ou finge que não sabe?

— Eu?!

— E um secador de cabelos, igual ao de Dorinha. É uma maravilha! E uma torradeira elétrica. Poderíamos comprar tudo no Reembolsável do Exército, com um abatimento bárbaro!

Madureira desabotoou o dólmã, dava-se por vencido:

— Compre o que você quiser, mulherzinha! Não sei é se o dinheiro vai dar para tanta bugiganga... Você tem o olho grande...

— Como não vai dar?

— Elástico não é...

E ela, no fundo, estava pensando mesmo era na operação plástica — podia ser que daquela vez colasse. A mulher do tenente-coronel Iguatemi renovara vinte anos — quem a viu e quem a visse!... A irmã solteirona do general Paulino ficara um broto... Madureira tinha rasgada implicância com a solteirona — sirigaita! sirigaita recauchutada! E Deolinda defendia-a:

— Tão boazinha que ela é!

— Para o fogo!

O BS nº 2, já conhecido risonhamente pela maioria dos funcionários como o gibi, ou como o Bunda Suja por um restrito grupo de cultores da liberdade de expressão, feito com mais calma, trouxe matéria variada, ressaltando entre ela a breve biografia do general Pantaleão Teixeira, jeitosa síntese de um dos redatores, que enxameavam a Seção de Relações Públicas do SEGAL, como se essa repartição se destinasse a elaborar pelo menos uma enciclopédia, biografia pela qual se sabia que o distinto cabo-de-guerra, oriundo de família que desempenhara heróico papel na Guerra dos Farrapos, havia participado duma Comissão de Fronteiras, cursado a Escola Superior de Guerra, integrado uma visita de oficiais superiores a West Point, servido dois anos como adido militar na Colômbia, publicado vários estudos de problemas militares e agraciado fora com inúmeras condecorações nacionais e estrangeiras. A nota sobre o esmagamento do comunismo não foi olvidada, na base do prolixo e do retórico. E o major Oldemar não permitiu que saísse a publicação interna sem a sua contribuição, seja um destacado "Aviso" exigindo medidas de economia, que o funcionalismo devia obrigatoriamente cumprir, ficando implícitas severas punições para os transgressores casuais ou obstinados.

— O desperdício de papel de rascunho é simplesmente colossal! Parece até que há interessados aqui dentro em fornecimentos de papelaria... — rosnou, provocando ponderáveis tremedeiras no almoxarife, cidadão que não havia sido destituído da função, conquanto pesasse sobre a sua pessoa a respeitável fama de relapso e o adequado apelido de "Dez por cento".

Na verdade, era um descalabro o consumo papeleiro no SEGAL. Os blocos de papel de rascunho evaporavam-se, um dos redatores passara a limpo alentado, escatológico e engajado romance policial, ainda sem editor, no melhor papel de ofício, e certas funcionárias, com a máxima e encantadora desenvoltura, utilizavam-se do papel aéreo para limpar o batom e para outro fim, de caráter higiênico, todavia menos público e declarável. E por posterior determinação ficou estabelecido que teriam de ser aproveitados todos os papéis usados para rascunhos, enquanto os envelopes sobrescritos, que iam de seção para seção levando o mais diverso expediente, seriam ciosamente guardados para reutilização até quando suportassem, dando origem a uma série de remoques. Mas, quando da confecção do "Aviso", de esferográfica em punho, o major, suando — o dia era abrasador e o aparelho de ar-condicionado da sala pifara —, escrevia-o e riscava-o penosamente, fugia com o olhar, numa tentativa de inspiração, para além da vidraça — o morro da Conceição com a sua graça colonial, as torres e o zimbório da Candelária impondo-se majestosamente ao casario em volta, no princípio da avenida —, tornava a escrever e a riscar, sem conseguir chegar ao fim.

— Precisa ser uma nota clara, um informe que não deixe dúvidas — desculpava-se, mas procurando deixar patente a sua categórica superioridade.

Foi um auxiliar de escritório, semi-analfabeto, porém muito maneiroso e expedito, que entrara como interino numa leva de uns cem, com o poderoso beneplácito trabalhista, quem o alertou delicadamente:

— Major Oldemar, seu tempo é precioso. Há um corpo de redatores aqui. Competentíssimos todos. O Fagundes até é poeta, tem livros publicados. Parece que ganhou um prêmio, não sei direito... Por que o senhor não convoca um deles para redigir o "Aviso"? Não estão aqui para outra coisa.

O improvisado redator respirou:

— Ótimo! Chame um redator.

Destacado foi, não o poeta, mas o colunista esportivo que ali fazia um bico, rapaz de óculos, zeloso sem ser fanático, e num piscar de olhos estava redigida a nota que o major, franzindo a testa como exigente crítico, aprovou:

— Ótima! É isso mesmo. Você, rapaz, compreendeu perfeitamente o meu pensamento.

O escriba agradeceu, modesto:

— É a minha função, major... Nada mais do que a minha função... Sou jornalista profissional... Estou no batente há mais de vinte anos!

— Tanto?!

— Comecei cedo, major. Muito cedo. Não tinha 17 anos, quando entrei de foca no extinto *Diário da Noite*. Era uma boa escola. Aprendi alguma coisa...

— Ah! Uma classe muito simpática, mas muito mal orientada, permita-me lhe dizer. Abusa da liberdade. Perturba a opinião pública. Confunde-a sem atentar no mal que causa.

— E a liberdade da crítica, major? E a tal Lei de Imprensa?

— Nossa Lei de Imprensa é completamente ineficaz, como estamos fartos de ver. E liberdade não é abuso, meu amigo. Vamos com calma. Liberdade tem limites. A crítica é necessária, indispensável mesmo, mas deve ser construtiva. Construtiva e serena! É o princípio básico duma imprensa sadia, útil e democrática. Verdadeiramente democrática! O povo tem de ser esclarecido, elucidado, mas nunca perturbado. Nunca!

— Procuro ser construtivo e sereno, major — e esquecia-se de que a sua facciosidade vascaína era proverbial no seio dos cronistas desportivos e contínuo motivo de piadas nas mesas-redondas de televisão dedicadas ao futebol e que duravam horas de profundos e diversos debates, como se o futebol constituísse o ápice das realizações humanas.

— Não duvido, não duvido. Estou falando em generalidade. Sei que há exceções. Honrosas exceções.

O jornalista sentiu que, implicitamente, era uma dessas exceções. E foi nessa oportunidade que nasceu a luminosa idéia de se publicar os dados biográficos do general Pantaleão Teixeira.

— E o major não achava que ficaria bem publicar-se no BS um *curriculum vitae* do general? Seria do máximo interesse. Ele é conhecidíssimo e acatadíssimo no âmbito do Exército, mas o senhor sabe como é o funcionalismo civil... Não conhece muito as figuras militares. Há falta de propaganda, de promoção, como se diz agora. E a culpa, desculpe-me dizê-lo, cabe ao próprio Exército... Deveria haver um organismo especializado encarregado de suprir tal omissão.

O major Oldemar gostou do *curriculum vitae*, o latim, para ele, era uma coisa fascinante.

— Aprovado. Você parece que adivinha as minhas idéias, rapaz!

— Os dois verbos que mais se conjugam nos tempos que correm, major, são "promover" e "faturar"...

— Você tem carradas de razão!

Para o coronel Madureira, que sacrificou consideravelmente a alegria da horta e do galinheiro — a ração balanceada era de fato uma invenção formidanda! —, o segundo dia de exercício intervencionista foi um bocado velhaco — é vivendo que se aprende... Decidira o severo general que o presidente da Comissão de Revisão de Contas assinasse todos os cheques emitidos pela tesouraria, fiscalizando rigorosamente a razão que os determinara. E acentuadamente recomendou:

— Olho vivo, Madureira!

Com o maior zelo, Madureira chamou, portanto, o contador-geral, em cujo dedo anular brilhava o anel de grau contabilístico, a gema de um róseo mais carregado que poderia confundi-la com o rubi dos advogados:

— Quero assinar todos os cheques. — E insistiu com mais firmeza na voz: — Todos!

— Perfeitamente, coronel. Vou providenciar. Está tudo rigorosamente em ordem. Não haverá a menor dificuldade. Meu serviço anda sobre rodinhas...

— Muito bem.

E nem eram passados cinco minutos — cinco minutos cravados, como dizia o cronista esportivo —, voltou o magro e diligente funcionário para depositar na mesa com tampo de vidro uma maçaroca deles. O coronel, que atentamente folheava uma revista especializada em lubrificantes, procurando, aqui e acolá, colher ensinamentos, que os seus eram bem diluídos, espantou-se:

— Tantos?!...
O contador-geral amaciou a garganta:
— Apenas 160. O dia hoje foi fraco, coronel. Excepcionalmente fraco. No fim do mês é que a coisa engrossa.
— Cento e sessenta?! Mas quantos cheques emitem, com mil diabos? — e chegou a pular na cadeira.
— Dia sim, dia não, uns 220, mais ou menos. Como já disse, no fim do mês é que aumenta o volume deles. Podem ir a mais de quatrocentos — respondeu o magrelo com toda a serenidade.
— Papagaio! É cheque pra cachorro!
— E tendem a aumentar. De mês para mês.
— Não diga!
— Posso garantir, com a autoridade que creio ter. As viaturas crescem de número. — Fez um olhar maroto: — A indústria automobilística nacional não dorme no ponto, o senhor sabe, não é? Funciona para valer! — E talvez arrependido da capciosa insinuação: — Claro que as necessidades da administração crescem paralelamente... Só o Serviço de Erradicação da Malária já está com mais de mil veículos! E o Departamento Nacional de Estradas de Rodagem? Progredir é abrir estradas...
Madureira mostrou cara resignada:
— Bem, sejam quantos forem, eu tenho de rever as contas de todos... Não posso deixar passar nenhum sem ver os comprovantes... O senhor me desculpe, não tome por falta de confiança na sua pessoa, temos as melhores referências a seu respeito, mas não poderia assinar esses cheques todos em cruz. Compreende, pois não? São ordens expressas do general. O general é extremamente escrupuloso. Com responsabilidade não se brinca.
— Perfeitamente, coronel. Estou com o general: também não brinco em serviço. Ocupo o cargo desde a criação do SEGAL e nunca houve a mínima encrenca comigo. Sou rigoroso até, em certos casos, exageradamente. Trarei todos os processos, folhas de pagamento, faturas, cambiais, trarei tudo para a competente verificação, e estou à sua inteira disposição para elucidações que porventura

achar necessárias. Mas, em virtude da minha tarimba e desejando sinceramente ser útil — afianço que não tenho outro objetivo! —, adianto-lhe que, se for conferir a exatidão de todos os documentos que eu apresentar, não levará menos de uma semana para liberar uns cem cheques. Isto se andar depressa... São assuntos complexos...

O coronel ficou frio:

— Mas eu tenho de rever tudo, meu amigo. São ordens do general e tenho que obedecer às ordens superiores.

— Estou plenamente de acordo. Obedecerei religiosamente às suas. Aqui estou para obedecer. O coronel é quem manda. Mas garanto, se o coronel não tomar como impertinência minha, que com o atraso poderão parar todos os serviços de transporte público do Brasil por falta de pagamento. Olhe que os fornecedores já não recebem muito em dia... O senhor não ignora o que é a burocracia. Enrolada por natureza. Por mais que tentemos simplificá-la, é um novelo.

Madureira arregalou os olhos:

— Todos?!

— Sim, coronel. Todos. De estalo! Nós é que controlamos o consumo dos lubrificantes nos serviços públicos federais. Excetuando, é lógico, os da órbita militar. Temos delegacias em todos os estados e territórios. E a paralisação acarretará um pandemônio, como bem pode avaliar.

Madureira sentiu um troço por dentro:

— Deus nos livre! — E intrigado: — Mas era o diretor-geral que assinava todos os cheques?

Não, coronel. Se fosse não teria tempo para fazer mais nada. Nem para se coçar! E à direção-geral cabem infindos encargos, logicamente o comando das ações, agora em mãos do general Pantaleão. O diretor-geral somente assinava cheques de grandes fornecimentos, vindos do exterior, por mero protocolo. Para fotografias dos jornais, como costumava gracejar... O coronel certamente deve ter visto algumas nos jornais.

Madureira, que não se lembrava de ter visto nenhuma, parecia cair das nuvens:

— Mas quem os assinava, afinal?

O contador-geral não pôde evitar um sorriso:

— Cada tesouraria estadual tem três firmas na agência local do Banco do Brasil, contra o qual são tirados todos os cheques. Nós operamos exclusivamente com o Banco do Brasil. É da lei que criou o SEGAL... Cada cheque leva duas assinaturas. Sem duas firmas não têm validade. De funcionários graduados, é claro. Diretores, contadores, tesoureiros... Aqui no Rio, poderíamos assiná-los eu, o tesoureiro, o subtesoureiro, e o diretor-geral, é óbvio. Dependia de impedimentos. Quem estivesse em inspeção, de férias ou doente, é patente que não assinava. Tinha substituto. O que não poderia haver era atraso — bola para a frente!

Madureira confiava e desconfiava:

— Mas quem conferia a exatidão dos pagamentos? Alguém tinha de conferir, me parece...

— Lógico! Cada pagamento, independente do porte, corresponde a um processo, coronel, um processo longo e rigoroso que passa por dezenas de funcionários, obedecendo a um trâmite prévia e minuciosamente elaborado, cada qual verificando no campo das suas atribuições a validade, exatidão e pertinência dos documentos. Dentro do Código de Contabilidade. É um trabalho de grande responsabilidade, mas de rotina, coronel. E sem possibilidades de erros ou de enganos. Não só há tabelas e material coadjuvante, como o pessoal a que compete o assunto é altamente experimentado. Quando se maneja coisas assim todos os dias, e aos milhares, cria-se natural automatismo, que as máquinas de calcular mais favorecem, e qualquer senão salta à vista. Ninguém come mosca... A única vez que houve um enguiço foi provocado por uma máquina de calcular que deu um defeito, logo descoberto.

O coronel tomou fôlego:

— É um caso muito delicado, muitíssimo delicado... Não nos precipitemos. Vou falar com o general. Espere-me um instante, senhor Anselmo.

— O tempo que quiser, coronel. Volto para a minha seção e aguardo o seu chamamento.

— Não, senhor Anselmo! Espere aqui mesmo. Será um minuto.

Foi, demorou-se uns dois quartos de hora, voltou externando o alívio de quem tirou um peso da alma:

— Tudo resolvido! O general estabeleceu que, para não perturbar sob hipótese alguma os serviços de manutenção, os cheques continuarão a sair na forma do costume. — Frisou como que em velada ameaça: — Até segunda ordem. — E mais suave: — Está se elaborando um completo e racional planejamento das atividades do SEGAL. Não havia planejamento. Tudo era feito *à la diable*!

— O coronel me deu uma estupenda notícia! — mostrou-se exultante o contador-geral. — Precisávamos mesmo de um planejamento geral. Andava tudo muito à matroca. E enquanto o planejamento não vem — e riu — vamos tocando para o pau! O Brasil não pode parar!

— O amigo disse muito bem. Não pode parar e ia parando na mão de irresponsáveis, de maus brasileiros.

Aí o calejado Anselmo considerou de bom alvitre não levar a conversa mais adiante — macaco velho não mete a mão em cumbuca... Pegou na maçaroca de cheques, retornou ao seu gradeado domínio, cujos guichês constituíam o desespero de tantos fornecedores, e, ao passar pelo subcontador, que era seu faixa, soltou:

— O coronel Madureira é boa praça. Já foi enquadrado! Tudo como dantes no quartel de Abrantes. Morou?

— Morei.

E outro não seria o pensamento do improvisado presidente da CRC, quando deu por encerrada a jornada de trabalho, a noite já descida e quente, o *rush* diminuído, os ponteiros do imenso relógio da Central abertos como um compasso entre as estrelas. Chegou em casa inutilmente cansado, suado, pedindo sopa, cama e paz. Sentia, sem humilhação, mas com certo desencanto, aquele desencanto que vem da descoberta de realidades que supúnhamos outras, que a vida cá fora dos quartéis não era na base da ordem unida — muito longe disso! —, que a paisanada era bastante mais desembaraçada, sabida e traquejada do que os militares orgulhosamente supunham, que os companheiros de farda seriam passados passivamente para trás, pois que em rotina e macetes de administração pública estavam mais por fora do que arco de barril, como dizia o famoso cômico da televisão, fanhoso maluco que tanto o divertia com os seus ditos e momices.

— Como foram as coisas hoje? — perguntou dona Linda, ao vê-lo entrar, vestido novo, sandálias da cor do vestido, lábios carregados de pintura, sem dar conta da fadiga do esposo.

Roncou:

— Estão se limpando.

— É assim mesmo, Madu. Pulso forte e fogo neles!

E ele, que seria incapaz de matar um mosquito, acrescentou:

— Com chumbo grosso!

Deolinda aplicou antiga gíria de caserna:

— E estão pulando muito?!

— Não. Estão agüentando o rojão firmes.

— Nem adiantava pular... Quem pula na chapa quente é peru... Pantaleão sabe dar duro. Não é sopa, não. Você lembra o repasso que ele deu nos políticos em Jaguarão? Estive me lembrando hoje. Em dois tempos botou os bichos todos para correr!

— Não eram políticos, Linda. Eram contrabandistas. Uns patifes!

— Estavam mancomunados, Madu. É a mesma coisa.

— Talvez alguns estivessem. Talvez alguns.

— Alguns, não. Todos!

A empregadinha passou com os pratos para botar a mesa, trazendo no semblante o acintoso ar de impaciência pela demora — o namorado estava à sua espera e ela ainda ali às voltas com aqueles chatos! Madureira percebeu, não se demorou no banheiro, banho de cuia, com a água racionada — estava lhe palpitando que a decantada adutora do Guandu, "A obra do século", conforme berrava a propaganda, era pabulagem do governador... Jantou sobriamente, não suportou muito tempo a televisão, xaroposa cantoria de rapazes cabeludos, fastidioso desfile de desabrida demagogia revolucionária, tomou calmante para dormir — receita da Policlínica Militar — e como eram bonitas, coloridas, as drágeas que se fabricavam hoje em dia; nem pareciam remédios, pareciam enfeite...

Acordou com gosto de guarda-chuva na boca, meteu logo uma boa dose de Sal de Carlsbad, um santo remédio! O sol esplendia, sol generoso de abril em céu azul, e convidava-o para as infindáveis e sempre novas fainas do quintalete; o coração, porém, pesava e tremia como se fosse prestar um exame e não dominasse suficientemente a matéria — ó como olvidar aquele exame de balística, o professor era uma fera, tão temida quão levada na troça pela rapaziada, alcunhado "O zero vírgula", exame no qual fora aprovado sem saber como! E o tão escasso tempo que pôde dedicar aos vegetais e aos galináceos lhe trouxe um pouco de esquecimento, desligando-o da realidade, que mal-aventuradamente voltara a empolgá-lo. Mas a hora de se aprontar chegou — foi com tristeza que se vestiu, e se vestiu à paisana.

A mulher estranhou:
— Ué! não vai fardado?
— Não. Assim é melhor. Aquilo, afinal, não é um quartel.
— Pensei que fosse obrigado.
— Não. Não é.
— Mas não ficaria melhor, Madu? A farda impõe respeito.
— Há outras maneiras de impô-lo, mulher. Aquele dito popular de que o hábito não faz o monge tem a sua razão de ser.

Deolinda abnegadamente abriu mão do seu império.
— Vá como você quiser...

Foi com tristeza que apalpou a gravata, mirando-se no espelho do guarda-roupa, uma gravata escura com listras castanhas, o laço malfeito:
— Um pouco fúnebre esta gravata, não é, Linda? Não sei escolher gravatas.

— Muito elegante!

— Antes fosse...

E a mulher não admitindo réplica:

— É.

Foi com tristeza que almoçou, a esposa muito conversadeira, o ensopadinho de agrião tão caprichado, tão oloroso! Foi com tristeza que entrou no carro, e o motorista, convenientemente advertido, já não se excedia na velocidade.

— Pensei que o senhor precisasse de andar depressa... — procurara se desculpar.

— Para quê? Não vou tirar o pai da forca.

— Também não gosto de correr — mentiu descaradamente o chofer.

Foi com tristeza que entrou no elevador do SEGAL, o último dos cinco, forrado de fórmica imitando jacarandá, que o general, por sugestão do major Oldemar, tornara privativo da interventoria, na qual os estranhos ao serviço não passavam da entrada sem se identificar, providência que, pouco a pouco, se abrandou, terminando por voltarem livremente a transitar, com pastas, maletas e embrulhos, os prestamistas, que sempre fizeram da casa um amplo e lucrativo campo de negócios, apesar de alguns fregueses serem duros na queda para pagar. Subiu sozinho com o cabineiro, respeitoso, mas calado. Sargento Josimar, na portaria, bibico escondendo a testa estreita, bateu continência. Passou pela telefonista, que o cumprimentou afavelmente:

— Bom-dia, coronel.

Não era bonita a moça, não era. Mas tinha a atraente frescura dos corpos jovens e o sorriso dela era amável, amistoso, sincero, recordava-lhe um cromo visto não sabia onde, recordava-lhe, porventura, alguma gentil figurinha feminina perdida numa dobra do passado. Respondeu, num galanteio ousado para seus modos, procurando se agarrar àquela simpatia, àquela flor humilde no meio de tantos cardos:

— Bom-dia, beleza!

Ela, atarantada com as ligações, dirigiu-lhe outro sorriso, entre agradecido e vaidoso, o coração dele bateu precipitado, tocado por um interesse feminino que há anos não acontecia, e empurrou a porta de vaivém com um gesto perturbado, enquanto sargento Josimar interceptava o postulante obeso e aturdido:

— Seus documentos, cidadão.

Anselmo, o algoz, se encontrava plantado à sua espera, com um alentado monte de pastas, escarcelas e papéis avulsos, e toca a assinar tudo, fingindo que entendia as explicações pedidas com o mero intuito de cortar o rubricante silêncio, fingindo que conferia certas parcelas, fingindo que confrontava determinadas cifras, fingindo que compreendia toda a complicada engrenagem do escorregadio ramo dos lubrificantes.

E, ao chegar ao derradeiro documento, a mão já estava dormente:

— Foi uma boa safra, hem!

— De tarde eu trago o resto, coronel.

— Mas ainda tem mais?

— Tem, coronel. Ainda tem mais uma boa quantidade. Sem falar nas coletas de preços que passam pelas nossas mãos. Elas não pararam... Tenho um montão comigo...

— Está bem, está bem, senhor Anselmo. Traga o restante. Aqui estou — disse, conformado e ansioso para se livrar dele.

Anselmo, sobraçando aquilo tudo, se esforçou para falar com naturalidade:

— Dona Almerinda deseja uma palavra sua, coronel.

— Dona Almerinda? Quem é dona Almerinda, senhor Anselmo?

— É uma funcionária, coronel Madureira. Estava em gozo de férias no Maranhão. Ela é do Maranhão, tem os pais lá e em São Luís foi apanhada pela revolução. Teve suas dificuldades de transporte, ficou aflitíssima, mas conseguiu chegar a tempo, suas férias terminavam ontem e ontem mesmo se apresentou à Seção do Pessoal. Acontece que há um problema, sanável com boa vontade, levando-se em conta ser uma moça muito boa, muito diligente, muito preparada e educadíssima, em suma, uma excelente funcionária e companheira. Exercia as funções de secretária do diretor-geral, embora, e dou a minha palavra de honra, divergisse frontalmente das atitudes políticas do ex-diretor e aqui entre nós lhe digo que, certo dia, foi censurada por opiniões que externou em alto e bom som; revidou, pondo o cargo à disposição, desentendimento que felizmente foi contornado, pois o ex-diretor, verdade seja dita, não era intransigente, era acima de tudo um cavalheiro e não se vexou em desculpar-se do excesso, porque foi um excesso, convenhamos. O gabinete do general, porém, já está lotado, inteiramente lotado. — E como sutil alfinetada: — Além das secretárias que havia, mais duas foram solicitadas e estão em função. Assim dona Almerinda está em órbita, como se diz agora. Ou encontramos lugar para ela, e realmente poderíamos encaixá-la em qualquer seção, mas não como secretária e, portanto, sem a gratificação que corresponde, ou terá de voltar para o Ministério do Trabalho, donde foi requisitada há mais de três anos. Acredita ela que o coronel poderia admiti-la como secretária e eu francamente dei-lhe esperança e até prometi me empenhar no caso. E não o faço levianamente, coronel. A rigor o senhor precisaria duma secretária, e secretária competente, conhecedora do ambiente. Precisaria e não a requisitou. Dá-se que o cargo que o coronel exerce não existia, foi uma contingência perfeitamente normal da interventoria — outros ventos, outras velas. E como conseqüência não poderia haver o de secretária. Mas o coronel poderia criá-lo sem constrangimento de espécie alguma. O general não haveria de se opor. O general é compreensivo, esclarecido, conhece as necessidades do serviço, principalmente de um bom serviço, como vem dando abundantes provas.

    Madureira foi sincero:

    — Mas o senhor acha mesmo que eu precise de uma secretária? Até aqui, para ser franco, não senti falta. Nenhuma. Bem ou mal, vou descascando os meus abacaxis sozinho...

— E ainda terá de descascar toneladas, coronel! E dos mais cascudos!... Mas como não precisa de uma auxiliar direta?! Precisa sim! E as pessoas que o procuram? Verá que não serão poucas. Uma procissão! É indispensável haver uma recepcionista. E os trabalhos datilográficos? Até então têm sido executados pela Seção de Mecanografia, porém, sobrecarregando-a e ela já mal dá conta do recado, que o trabalho cresceu assustadoramente com as providências extraordinárias da interventoria. É trabalho que não acaba mais! Nem fica bem o senhor mesmo atender ao telefone como faz. Na pior das hipóteses se livrará dos chatos... Os chatos são de morte e pululam! Bastará uma senha com a secretária e adeus chatos!

Madureira sorriu:

— No fundo eu acho que o senhor quer é me impô-la...

Anselmo foi pronto:

— Gosto de amparar os meus colegas, coronel. Especialmente se são bons colegas.

Madureira deitou malícia:

— Especialmente se são boas colegas...

Anselmo acompanhou a onda, que lhe pareceu propícia:

— O sexo fraco merece mais proteção... Os marmanjos se arrumam mais facilmente. Podem topar qualquer parada.

— O senhor é um bom advogado, senhor Anselmo. Um advogado de mão-cheia! Faça entrar dona Altamira.

— Dona Altamira, não, coronel. Dona Almerinda. Almerinda Ramalho. Vou fazê-la entrar imediatamente.

Almerinda Ramalho entrou:

— Com licença...

Oxigenava espetacularmente os cabelos, e já os ostentara ruivos, pretos retintos, castanhos, acaju, cor de mel; não pisava, desfilava como os manequins profissionais, que fazem de todos os pisos do mundo passarelas de alta-costura e afetação. Não era jovem como a telefonista — que passava bem dos trinta, não deixava dúvidas, apesar dos artifícios da maquilagem — mas era bonita, pescoço bem lançado, cercado por vistoso e colorido colar, pernas primorosamente torneadas, pele que lembrava cetim, nada menos que cetim, a boca rasgada e sensual, argolão de ouro no dedo mindinho, decote ousado, que atraía para as conseqüentes profundezas, modeladas por agressivo porta-seios, o olhar mais timorato, e não foi outra a pronta reação do coronel que, em irresistível atração, ofereceu a cadeira:

— Tenha a bondade, dona Almerinda. Sente-se.

Acedeu:

— Muito gentil. Com a sua licença...

E a secretária em órbita adivinhou logo que seu caso estava resolvido — impressionara... Com desembaraço cruzou as pernas, sem meias, fazendo aparecer a jóia de um joelho, e um pouco mais do que o joelho, pedaço de jóia mais rara, que enfeitiçou os olhos do coronel:

— Desculpe-me se venho aborrecê-lo, coronel, mas não poderia deixar de fazê-lo. Em absoluto não poderia. Preciso urgentemente resolver a minha vida. Estou completamente no ar! Os cosmonautas não me levam vantagem...

O coronel achou graça:

— Oh, minha senhora! Faremos o que for possível. Aqui estamos para servi-la.

— Agradecida. Eu sei que o coronel está a par da minha situação. Não é dramática, mas é aborrecida para mim, muito aborrecida, jamais me encontrei em tal situação. O Anselmo explicou-a, não é?

— Sim, explicou. E com o máximo empenho.

— O Anselmo é um doce!

— Realmente parece ser uma excelente pessoa.

— E é. Garanto que é. Devotadíssimo aos seus amigos, virtude que está ficando rara. O egoísmo parece que invadiu o mundo.

— Não ponho dúvidas.

— Mas o meu caso é que poderia voltar para o Ministério do Trabalho. — Esboçou um ar de sofrimento: — Poderia. Mas precisaria me armar de muita coragem, de verdadeiro heroísmo! Detesto aquele ambiente! Completamente! É o fim! Se há coisa que cavei na vida, mas cavei mesmo, sem medir esforços, foi a requisição para o SEGAL. Quando saí de lá senti-me outra, criei alma nova, o SEGAL foi como um céu aberto: nada de fofocas e cretinismos, compreensão, camaradagem, estímulo... — emprestou à voz uma intenção inequívoca: — e decência! Não podia mais suportar aquilo lá! É preciso ter estômago! Estômago e outras coisas...

Com um pigarro, Madureira demonstrou que compreendia a sutileza. E perguntou assim como quem deseja saber o endereço da insinuada casa de tolerância:

— Em que repartição trabalhava?

— Na Comissão de Imposto Sindical, coronel — e a inflexão é de quem, constrangida, nomeava o reles bordel.

Na mente de Madureira acendeu forte e comprobatória a antiga ojeriza pelo sindicalismo sob as suas mais variegadas manifestações e organizações, que não serviam senão para embromar os pobres contribuintes:

— A senhora não precisa me dizer mais nada!

— Ainda bem, coronel. — Sorriu, encantadoramente: — A bom entendedor...

Tomou valentemente a decisão:

— Está resolvido o seu problema. Pode se considerar minha secretária, dona Almerinda.

Ela exultou:

— Graças mil, coronel! O senhor é um amor! Um verdadeiro amor! Nem sei como poderei pagar tanta atenção, tanta generosidade. Afinal, o senhor não me conhecia...

— Estou conhecendo.

— Ah!

— Não me gabo de bom psicólogo, mas não é preciso ser extraordinariamente dotado para ver que estou tratando com pessoa direita.

— O senhor até me confunde.

— Pode se considerar minha secretária — repetiu firmemente.
— Vou falar ao general Pantaleão. Melhor, defender a sua causa. Justíssima! Nada fazemos sem comum entendimento. É uma questão de harmonia de serviço, de hierarquia, uma espécie de colegiado, como bem compreenderá. Mas eu e o general nos entendemos plenamente. Não discrepamos. Nossos pontos de vista são perfeitamente idênticos. Doutro modo não permaneceria aqui um minuto! Posso adiantar, por conseguinte, que serei atendido.
— Como poderia pôr em dúvida, coronel?
Quem, realmente, não punha sombra de dúvidas que a proposta seria aceita era Madureira — haveria de se empenhar! E a entrevista poderia ter se encerrado aí; mas a ele, cujos contatos com o belo sexo foram de reduzidíssimos ensejos, e jamais pisara num galho verde depois de casado, aprazia a presença daquele ser bem tratado, perturbante, ressumando mistério e sedução. E reteve-a:
— Seus préstimos serão da maior relevância cá no meu setor. Era até prova de inépcia privar-me de uma secretária como estava fazendo...
— Me desdobrarei, coronel!
Saiu como se em involuntária confissão:
— É o que tenho feito, minha amiga!
— Então não sei, coronel? Barra pesada!
— Como?!
Almerinda trocou no melhor vernáculo que lhe acudiu os miúdos giriais, de que fazia, convenhamos, apreciável consumação. O coronel entendeu — este povo carioca sabe inventar modas! E adiantou, procurando incentivá-la no compasso lingüístico, para mostrar que porventura seria capaz de acompanhá-la em alguma dança moderna, ele cujas ousadias orais e coreográficas não passavam muito além do tempo do *charleston*, das melindrosas e dos almofadinhas:
— Verá que eu sou, talvez, um pouco caxias...
— Não fica mal ser um pouquinho caxias de vez em quando...
— Sim, não fica mal.

Almerinda descruzou as pernas, agitou as mãos de unhas esmaltadas de branco, ele observou que não usava aliança e atreveu-se:

— É solteira?

— Não, coronel. Sou desquitada.

Madureira sentiu no peito uma sensação semelhante a descarga elétrica. Mulher desquitada era um ser de exceção, algo pecaminoso, perigoso, romanesco, que exercia sobre ele a mais intensa fascinação — Ah! — e moderando-se:

— Não foi feliz no matrimônio?

— O casamento é uma loteria, coronel — respondeu ela, pondo no falar um quê entre dorido e filosófico. — Não tirei a sorte grande. Nem o mesmo dinheiro... Não foi um bilhete branco, foi um bilhete negro! Uma incompatibilidade completa de gênios. É o perigo de se casar muito jovem, sem nenhuma experiência... pensando que casamento é um mar de rosas, um manso lago azul, como diz o poeta... O primeiro namorado nos aparece como um príncipe encantado!

Madureira balançou aprovativamente a cabeça chata, conquanto tivesse se casado moço, aspirante ainda, e Deolinda florescia pela casa dos 18:

— Tem inteira razão. Tem inteira razão. E tem filhos, dona Almerinda?

— Uma menina. Apenas uma menina. Não estive casada mais que um ano, ano que pareceu um século! — Figurava-se transportada: — É a minha gamação! A razão da minha existência!

Madureira não sabia bem o que dizer:

— Uma meninazinha, então...

Almerinda protestou com veemência:

— Não tanto, coronel! Vera Lúcia vai fazer 13 anos. (Já completara 15.)

— Um lindo nome!

— Fui eu que escolhi — disse com modéstia, baixando levemente os olhos. E logo orgulhosa, levantando-os: — E é uma linda garota, posso afirmar! Linda como um querubim! E nisto não sou mãe coruja... Nem um tantinho!

Madureira embalou:

— Saiu à mãe, naturalmente.

Almerinda voltou a baixar um pouquinho os olhos castanhos, cercados por azulada pintura e um nítido traço preto acompanhando as pálpebras:

— Antes fosse verdade, coronel...

Madureira ia confirmar calorosamente a beleza materna, quando Anselmo entrou com um papel na mão, trocou olhares significativos com Almerinda e ela prontamente se levantou:

— Bem, coronel, creio que estamos entendidos. E eu fico extremamente grata. Gratíssima!

— Perfeitamente, minha senhora! Perfeitamente! Não tem nada que agradecer. De amanhã em diante conto com a senhora aqui.

— Eu é que contarei com o senhor, coronel! — e piscou o olho sorrateiramente para o contador-geral. — Fique descansado que eu farei misérias para servi-lo!

Saiu naquele passo de vedete, parecia que se formara um vácuo no coração de Madureira, mas não foi com irritação que atendeu o intruso, a quem considerava um exemplar colaborador, a quem devia o anjo que entrara para amenizar o seu pequenino inferno:

— Que há, senhor Anselmo?

— Preciso da sua assinatura urgente, coronel. São os cavacos do ofício... O serviço aqui é como moto-contínuo...

Madureira mal viu o contexto do memorando, que levou seu jamegão:

— Pronto! Sua protegida foi atendida.

— Renovo os agradecimentos que ela lhe fez. Dona Almerinda é um bom elemento. Sabe trabalhar. Não é dessas que fazem o corpo mole não.

— Me pareceu uma moça distintíssima.

— Constatará que não se enganou. Distintíssima e competentíssima. Se todos os funcionários fossem como ela não haveria problemas. Nem balbúrdias...

— O senhor insinua que o pessoal aqui não é suficientemente capacitado?

— Com raras, contadíssimas exceções. Mas não é só aqui, coronel. Vamos ser justos e pôr as coisas nos seus exatos termos. É um problema nacional, e da maior gravidade, o baixo, baixíssimo nível funcional. Vai tudo na base da improvisação, do jeitinho, do empenho político, na natural decorrência da falta de trabalho, que é um caso sério e respeitável. Se engolisse o que me empurram, se não fosse aliás modicamente exigente na seleção do meu pessoal, estaria perdido, não dava nem para a saída!

— Então, por que não aproveitou dona Almerinda no seu serviço?

— Porque infelizmente ela não entende patavina de contabilidade, coronel. Seus conhecimentos são vastos e notórios, mas sobre outros assuntos. Contabilidade, não! Bem ou mal, meus subordinados têm que ser técnicos. Se não formados, pelo menos com bastante prática. Alguns deles até, apesar de passarem em primeira triagem, não foram lá das pernas, me iludiram a bem dizer. Revelaram-se incapazes, superficiais, desorientados. E eu, sem o menor remorso, nem constrangimento, despachei-os. Claro que não os deixei na mão, isso não! Não sou homem de tirar o ganha-pão de ninguém! Consegui encaixá-los em outros departamentos. Mas no meu é que não! Estorvo ou peso morto não posso admitir na minha paróquia!

— O senhor é sensato. Extremamente sensato.

— Sou um técnico, coronel. Um técnico não pode ser sentimental! Tem que saber escolher as linhas com que cose...

E, despachado o contabilístico alfaiate, não ficou cinco minutos sozinho — cinco minutos de singular e manso devaneio — e apresentou-se o procurador, tresandando a loção de barbeiro:

— Com a vossa permissão...

A cabeça de Madureira zumbiu — a ativa essência feria-lhe as narinas mais afeitas aos odores viris da caserna; tinha alergia a perfumes baratos — o que homem macho devia usar na cabeça era só

água! — e já sabia que iria ter de recorrer a um comprimido. Enfrentou, porém, galhardo, o sacrifício que a salvação da pátria exigia:
— Ao seu dispor.
O paisano foi seco:
— Trago-lhe o questionário que os funcionários, sem exceção, terão que preencher.
— Oh... — Pegou no papel, no qual umas vinte perguntas se alinhavam, mais ou menos extensas: — O general já viu?
— Completamente. E solicitou-me que o trouxesse para que o coronel desse uma vista d'olhos.

Madureira não sabia o que adiantar, coçava a cabeça, remexia-se na cadeira giratória, relia as perguntas e a nota, ao pé da página, reproduzindo o artigo 299 do Código Penal, enrugou a testa, a dorzinha já pintava, manhosa, inevitável, e o procurador com a mesma secura:
— Já veio pronto da Comissão Geral de Inquéritos. Aqui não foi alterada uma vírgula. — E, com indisfarçável ironia, acrescentou: — Nem teríamos competência...
O coronel sentiu um enorme alívio:
— Bem. Tudo em ordem. A Comissão Geral de Inquéritos tem as suas diretivas.
— Um pouco exorbitantes... — interrompeu o procurador. — Sem qualquer lastreamento jurídico. Não resistem a um piparote!
Madureira não respondeu — compreendia o ressentimento dos causídicos nem ouvidos nem cheirados pela comissão inquisitora. Apanhou a esferográfica:
— É preciso que eu ponha o meu visto?
— Não, coronel, não é preciso. É apenas para que o senhor tome conhecimento. Nada mais.
— Então, estou ciente.
— Com a vossa permissão... — e o procurador carregou o papel e o insuportável perfume.
Madureira caiu em profunda meditação e nela não entrava o cálido, emoliente perfume de dona Almerinda, nem a desagradável loção do procurador, evidentemente agastado, mas, desgraça-

damente, a intolerável fetidez das matérias putrefatas, iníquas, repulsivas — por que não se rebelara contra a imundície?! —, meditação da qual foi despertado pelo contínuo, flamengo fanático, que lhe trazia um cafezinho. Recusou:

— Não seria possível arrumar um chá?

O preto era serviçal:

— Um chá? Com torradas ou sem torradas?

— Simples.

— Vou dar um jeitinho, coronel.

E deu. Madureira meteu uma cafiaspirina com o chá — andava sempre prevenido de comprimidos. Foi chegando trabalho. Trabalho engoda, distrai, anestesia, é ópio e fortificante. O sol desapareceu e não haveria reunião com o general, que saíra para conferenciar com o comandante do I Exército — o melhor era zarpar. Sargento Josimar não arredava o pé da portaria. O doce cumprimento de despedida da telefonista — com um exemplar de *Querida* aberto no regaço — deu-lhe a vaga impressão de que velava pela segurança de alguém, de muitos, poderia lhes valer, protegia-lhes o pão e a vida. Chegou em casa com o ânimo mais levantado, banhou-se mais calmo — e havia água —, jantou regularmente, conversou com a mulher sobre o andamento do serviço, sobre tais e quais deliberações tomadas, sobre a urbanidade e disposição para o trabalho do contador-geral — além de técnico altamente competente! —, e nem um pio a respeito de dona Almerinda, nem um pio a respeito das perguntas do inquérito, que voltavam a remorder-lhe a consciência, e até assistiu a um filme na televisão, vício da mulher, que de bom grado acompanhava, entre cochilos.

— Esta loura lambisgóia é a mesma que namorava o milionário na piscina?

— Então não é, Madu?

— Que cabelo atrapalhado ela tem!

— É peruca.

— Logo vi. Peruca é uma tralha grotesca, artificial! Parece cabelo de boneco...
— É podre de chique!
— Não vejo nada de chique. Ficam horrorosas! Qualquer besteira que os cabeleireiros têm a cachimônia de inventar para tomar dinheiro, as papalvas imediatamente usam...
— Vocês homens não entendem dessas coisas.
— Certo que os cabeleireiros não são homens. São de desfilar na passarela do Municipal... Mas os homens mesmo só devem pagar, não é?
— É! E não fazem mais do que a obrigação!
Cansou-se:
— Um pouco peroba, não é, Linda?
— Muito bom.
— Basta ser cinema para você gostar...
— Basta mesmo!
Ele exagerava para carinhosamente arreliá-la:
— Cinema é chato!
— Você diz isso da boca pra fora, Madu. Só para me inticar. Não ligo. Eu te conheço... Não perdia "Os intocáveis"...
Madureira embatucou — não perdia mesmo, transferia visitas, até certas obrigações sociais, de que era tão fiel e compenetrado cumpridor, pretextava doenças, proibia terminantemente que o chamassem ao telefone, para ficar colado ao vídeo, não perder nada, absolutamente nada. Era estranho como se sentia absorvido, empolgado por aquele mundo de brutalidade e mais brutalidade, de violência e mais violência. Alongava as conjecturas — era estranho como sentira, desde menino, inclinação para a carreira das armas, ele que era tão pacífico, e só aprendera a destruir o inimigo pela força ou pela estratégia, mas sempre destruir, arrasar, matar, como se no mundo só houvesse inimigos, descobertos ou embuçados, e não vidas para salvar, campos para lavrar, prados para criar, cidades para se trabalhar, esperança para se afagar... E defendia-se como se se sentisse em falta — no fundo o que amava, arraigada e inconscien-

temente, era a vitória da justiça contra o crime, da verdade contra o erro, da liberdade contra a opressão, do bem sobre o mal...

Recolheram-se, a noite abusivamente calmosa, mas não podiam deixar abertas as janelas, a casa era de um só pavimento, pelo temor dos assaltantes, contumazes nas cercanias, talvez por causa da favela que rapidamente crescera perto, desbastando a mataria da bela encosta, e infestada de marginais, sem que as autoridades públicas pusessem o menor obstáculo.

— Poderíamos agora mandar botar umas grades de ferro, trabalho artístico naturalmente, e assim dormiríamos de janelas escancaradas, sem perigo algum — propôs.

Fora precaução já várias vezes debatida, mas constantemente postergada em virtude do preço puxado que pediam os serralheiros — uma ladroeira! E Deolinda:

— Que grades! Poderíamos é comprar um aparelho de ar-condicionado, então não poderíamos, Madu?

— Sim, seria melhor. — Troçou: — Ora viva, que afinal você teve uma boa idéia em matéria de compras!...

— Zomba das minhas idéias, zomba! E vou comprar mesmo!

— Já considero comprado... — riu.

E sentou-se na beirada da cama *chippendale* para enfiar as calças do pijama, pijama de calças curtas, presente natalino e imposição da mulher, traje que, a seu ver, diminuía a sua varonil dignidade, contra o qual se batera, mas acabara aceitando, como já acontecera com as camisas esporte para ir ao cinema de noite. Abotoou o paletó, de mangas também curtas — besteira mais indecente! —, dobrou a dose do tranqüilizante, sem que a mulher percebesse, e ela meteu pela cabeça, numa operação que sempre Madureira achara ridícula, a camisola de dormir, de *nylon*, aliás cheia de babadinhos e preguinhas, peça pela qual mantinha ele, sem se externar, a mais convicta implicância — parecia roupa de mulher-dama...

— Madu... Dona Dalila me abordou hoje. A respeito do filho. Aquele cabeludo. É um maluco! Cheio de caraminholas na cabeça!

Muito diferente da irmã. Água e vinho! Ainda não aconteceu nada com ele, porém ela teme que aconteça, a pobre! Tantas prisões, tantas... Eu acalmei-a, estava nervosa, chorosa, de fazer lástima — contasse conosco! Ela é uma boa senhora, devota, está doente, não tem culpa das maluquices do filho, é mãe... E mãe é mãe, você sabe, Madu! Se houver algum embaraço, você dava um jeito, não dava?

Conhecia de sobejo aquele especialíssimo tom de falar — sabia que correspondia a uma ordem irrevogável:

— Dou, Linda. Me mexerei se for preciso. Dona Dalila fique descansada. (E confiava aos seus botões que a mulher superestimava a sua posição — era um simples coronel de pijama, alçado de surpresa às alturas de uma interventoria em importante instituição paraestatal, mas em evidente segundo plano, como para tapar um buraco e por pura bondade de um velho amigo... Contudo Pantaleão, que tinha prestígio, que se encontrava íntima e poderosamente ligado ao Alto Comando Revolucionário, haveria de valê-lo na emergência — conhecia Pantaleão —, mas tomara Deus que não sucedesse nada ao desmiolado rapazola!)

Deolinda afofou o travesseiro:

— Às vezes eu acho que é uma graça de Deus a gente não ter filhos. Nem legítimos, nem adotivos!

Madureira ficou calado — por que pensou em Vera Lúcia, que não conhecia nem de retrato? A mulher tomou o silêncio por tácito assentimento e deu-se por satisfeita; apagou o abajur da mesinha-de-cabeceira, onde havia também, sob redoma, uma imagem de santa Teresinha, fez as habituais orações — rezava pelo pai, que falecera quando Madureira servia em Corumbá e apanhara impaludismo; pela mãe, que se finara de câncer do útero, quando estavam no batalhão de Poconé; pela irmã Maria do Carmo, afetuosa, prestativa, normalista, a inteligente da família, vítima de um desastre na Central; pelo padrinho, proprietário de padarias em Realengo, Marechal Hermes, Deodoro e Bento Ribeiro, alegre, esmoler, tão boa pessoa, que fora morrer em Portugal, onde nascera. Muitos eram os seus mortos amados e não se esquecia de nenhum, inclusive os sogros, que não conhecera. Feito o sinal-da-cruz, como tinha sono fácil, dentro em pouco roncava, embora negasse terminantemente admiti-lo.

Madureira não rezava, conquanto em menino tivesse sido coroinha, jamais olvidando o silabado latinzinho coadjutor da missa na igreja de pau-a-pique no arraial, com bandeirolas e leilão de prendas nas festas juninas; e o irmão mais velho, Nonato, aos dez anos — e nunca mais se viram! — ingressara no seminário menor, era atualmente vigário numa cidadezinha esquecida do Piauí e raramente se correspondiam, fraternos mas formais. Longe da família — e todas as noitinhas puxavam terço com o povo do sítio no copiar — dispersada pela morte e pelo destino — o irmão Raimundo, Dico chamado, se estabelecera no Acre, Iracema casada estava no Pará com um camarada meio biruta, Delmiro era juiz de direito em Alagoas, apenas Jurema ficara em Bacuré, casada com fazendeiro da localidade —, envolvido por outros ambientes, submetido a tão diversas solicitações e impulsos, abandonara a prática, mas no fundo do coração permaneceram, intangíveis, o temor a Deus, a fé na Graça e a convicção na vida eterna.

Empurrou o lençol para os pés, cruzou as mãos sobre o peito, os olhos postos no teto com sancas. Tempo houvera em que, mal caía na cama, engolfava num sono de pedra, somente cortado por clarim de alvorada, no quartel, ou previdente despertador em casa. Ultimamente, porém, custava um tanto a conciliar o sono; e ainda mais ultimamente acordava uma ou duas vezes no decorrer da noite, ora por pesadelos, ora impelido por necessidade irreprimível de micção, desregramento que o levara à consulta na Policlínica Militar; o capitão-médico, sisudo, caladão, rigoroso na anamnese, inspirou-lhe imediata confiança, tranqüilizou o — "o coronel não tem nada de grave, a pressão está normal, seu coração é um coração de criança" — e prescrevera-lhe, além de suportáveis medidas alimentares, que poderia furar sem susto quando aprouvesse, umas drágeas geriátricas e o sedativo noturno, cuja dose, dentro de dados limites, deixara ao próprio critério regular, conforme sentisse maior ou menor precisão.

A luz do lampião da rua, embora amarelada e fraca, que a corrente andava muito baixa, incomodava. Cerrou os olhos. Um automóvel veio — motor de dois tempos, sabia, que a publicidade ensina muito; parou — vizinhos que chegavam, naturalmente — houve risos e despedidas, arrancou sem muito ruído. Depois, passos. Falavam. Deu para ouvir.

— Vamos entrar pelo cano! Garbosamente!
— Foi uma fria, que vou te contar!
— Nem daqui a dez anos vamos sair dela!
— A cana é dura!
— Haja dentes!
— Haja cu...

As palavras cruas feriam-no — sempre fora assim, sinceramente convencido de que a boca deve ser um porta-voz da alma. O silêncio voltou. Atentou na posição — era a horizontal posição dos defuntos. Um dia assim estaria, não espontânea e pacientemente à espera do sono rebelde, mas inexorável e definitivamente imobilizado pelo eternal dormir, assim seria enterrado em primeiro uniforme, sem grande acompanhamento, sem honras militares — um quase despercebido nome a menos no compulsado Almanaque. Quando? Breve, talvez. A vida escorria depressa... Anteontem mesmo era guri, de pés descalços, correndo e saltando nas várzeas de Bacuré, nadando ou pescando bagres no açude, armando arapucas para a passarinhada — coleiros, caga-sebos, tiés, tangarás, canários-da-terra, saís, azulões, lavandeiras; entupindo-se de araçás, de cajus, cabeludas, cajás, jambos, mangabas, sapotis, biribás, vadiando no comercinho mofino do arraial, jogando bola feita com bexiga de boi curtida ao sol, pondo fogo em casas de marimbondos, matando cobras no carnaubal — dava muito jararacuçu naquelas bandas e, certa vez, passarinhando com o negro Zé Timóteo, da olaria, quase tropeçara num; Zé Timóteo, muito lesto, descarregara no bicho toda a carga de chumbo da sua valente pica-pau, ele ainda estrebuchou, rabinoso, malino, fora liquidado a golpes de improvisado porrete. Ontem era cadete, aspirante, segundo-tenente, primeiro-tenente, sempre em tardias promoções... Depois mofara como capitão, mofara não menos como major, dera com os costados por quase todo este Brasil, até em meio de índios andara — o que era posto ruim, já sabia, lhe tocava, e Linda arrancava os cabelos, coitada!... mas acabava se adaptando. Hoje, reformado e olhado com pouco caso pelos da ativa, quando cuidara acabar sossegadamente seus dias...

Almerinda compareceu com um vestido tão lindo, mas tão lindo, que Madureira considerou imparcialmente como trapos todos os que a esposa possuía, guarda-roupa, aliás, tão sortido, que não poucas vezes se admirava do número de roupas que as mulheres julgam necessitar — um despropósito!
— Como vai a Vera Lúcia?
— Vai maravilhosa, coronel! Está no colégio. Interna.
Ele se surpreendeu:
— Interna?!...
— Sim, coronel. No colégio das Irmãs Marcelinas. Um estabelecimento de primeira! Verdadeiramente modelar! — E notando nele um olhar aturdido: — Claro que não é o meu ideal. Gostaria de tê-la permanentemente ao meu lado, ser a sua companheira de todas as horas, assisti-la em tudo, orientá-la. Mas infelizmente moro sozinha, não tenho com quem deixá-la e, se a deixasse só em casa, não poderia ficar sossegada um minuto. Vera Lúcia está numa idade muito perigosa e Copacabana é um antro de perdição, um covil de maconheiros e de tarados!
— Então, a senhora mora em Copacabana? — e acudiu-lhe: por que diabo não se mudava para um bairro decente?!
— No Lido, coronel. Na avenida Princesa Isabel. Perto da praia. Um apartamento pequeno, mas bacaninha. E ainda com aluguel antigo... Hoje não teria possibilidade para outro igual. Sabe como estão os aluguéis... Estratosféricos!
Certamente era desabusada bisbilhotice meter o bedelho em assuntos particulares, mas não se conteve:

— O pai da menina não lhe dá pensão?

— Modesta, coronel. Sou a primeira a reconhecer que não poderia dar mais. Mas sempre dá para o colégio, que não é barato, e em casos de doenças jamais se recusou a comparecer ali na exata! Em certas ocasiões, como quando Vera Lúcia teve apendicite, não foi pouco o que deu. Nada pouco. O senhor sabe o que é uma operação, com casa de saúde, médicos, anestesistas, remédios — um absurdo, um montão de dinheiro! Ficou numa bananosa que só vendo, mas forneceu tudo até o último tostão. Nessas questões, ele é irrepreensível!

Madureira sensibilizou-se com o elogio que dona Almerinda fazia do ex-consorte:

— Que faz ele? (Linda diria: — Que apito toca?)

— É engenheiro do DNER. Pagam muito mal. Mal e porcamente! E ele é muito trabalhador, ninguém pode dizer o contrário. Um gênio de cão, mas muito trabalhador, muito cumpridor dos seus deveres, muito elogiado por chefes e colegas, mas ganhar mesmo, que é bom, isso ele não ganha! Se não tivesse uma beirada no escritório de construções de um amigo, estava frito!

— Louvo a sua equidade, dona Almerinda. Não é comum. Garanto que não é comum.

— Eu sou assim, coronel. Cada um como Deus o fez...

Como Deus a fizera bela! — pensou ele. — Por fora e por dentro.

Anselmo parou Almerinda no corredor:

— Como vai com o velhote, boneca?

— Estou agradando muito...

— É boa praça. Vá dando sorte. De noite eu vou lá.

— Tá. Às oito?

— Oito, oito e meia... Tenho que dar umas viradas antes pela aí. Os negócios não andam moles não. Uma dureza!

— Come?

— Como.

— Então vou comprar uma lasanha pronta no italiano. É só esquentar. Aquela verde que você gosta.

— Confere. Chega de quibe. Não suporto mais comida de turco!
— Com vinho ou com cerveja?
— Mete lá uma cerveja! Escorrega melhor com este calor.

Dona Almerinda de sobejo sabia que ele enxugaria pelo menos duas garrafas, alegando que a cerveja era a amiga certa das horas incertas:

— Prepararei a munição. E dorme?
— Hoje não. Tem boi na linha.
— Tá.
— Um beijo.
— Outro!

E teve início a curiosa prova escrita em turmas de dez examinandos; uma sala foi expressamente interditada e arrumada para a inquerrorial maratona; é que havia funcionários às pampas — alguns, apavorados, tinham dado no pé, sem que ninguém soubesse deles — e assim seria assunto para durar uma semana, ou mais, cada turma ficando na melhor das hipóteses uma hora e meia enchendo, com o coração na mão e a consciência nem sempre muito limpa, o respeitável teste, que tanto valia para garantir o emprego quanto para quilatar caracteres.

Dona Almerinda Ramalho — letra A — ficou entre os primeiros, que a espremidela se realizava rigorosamente alfabética. Uma hora e meia de aflição para o coronel, aprisionado na sala diretiva, não podendo fazer nada em prol da auxiliar! Voltou ela, as largas cavas da blusa denunciando as axilas depiladas e divinais:

— Respondi tudinho de cabo a rabo. Foi mole! O negócio é ter consciência tranqüila!

Madureira respirou fundo:

— Logo vi!

Aquela presença graciosa e esvoaçante, metamorfoseada cada dia pela exibição de um novo vestido, com sapatos e bolsas combinando, tornava-se a indispensável e primaveril borboleta para tal jardim sem flores. Indagava dela as coisas mais insignificantes, repisava perguntas, inventava tarefas para ocupá-la:

— A senhora não acha que está faltando a relação dos fornecedores de implementos elétricos? Seria interessante anexá-la...

Dona Almerinda era a própria eficiência:

— Interessantíssimo! Vou providenciar.

Ia e, se não conseguia a solução concreta, trazia risonhas promessas de breve atendimento, o que a punha a salvo do malogro e até elevava-a em cotação:

— Com a senhora vigiando, ficarei descansado.

— Deixe essas maçadas comigo, coronel. Pense em assuntos mais sérios. É o que não falta...

— Sobram, dona Almerinda. Sobram!

— Vá mandando suas brasas!

Ele ria:

— Não quero queimar ninguém. Não sou maria-fumaça...

— O senhor é legal, coronel!

Seu retorno era sonoramente pressentido. Almerinda portava sapatos de saltinhos de metal finíssimos, álacre melodia — tec... tec... tec... — que vinha desenrolando pelo corredor como mágica caixinha de música e silenciava quando entrava na sala atapetada. E trazia notícias frescas:

— Está circulando o boato que prenderam o governador do estado do Rio. Mais um que foi para a cucuia!

— A polícia desceu o pau num ajuntamento de estudantes na Cinelândia. Há muitos feridos.

— O dólar deu mais uma subida violenta. O cruzeiro está indo para o beleléu!

Fumava desbragadamente:

— O coronel não se incomoda? — perguntara a modo de consentimento inicial.

— Por quem é, esteja a gosto! Também já fumei, quando rapaz. Não exageradamente, mas fumei. Depois, com um pouco de força de vontade, abandonei o vício.

— O senhor acha que é vício? Eu acho que é um consolo...
Cada resposta representava um deslumbramento!

Almerinda não primara pela exatidão, quando afirmara ao coronel que o SEGAL se caracterizava, entre outras excelências, por ser um ambiente isento de fofocagem. Daremos exemplos opostos colhidos nos bastidores daquela forja de trabalho:
— O Anselmo não perde vaza! Empurrou a amante no coronel. De mansinho...
— O nosso BS deveria ter uma coluna social para divulgar estes cachos...
— E ela já botou o coronel Madureira no bolso. Punha até um batalhão, quanto mais um coronel!
— É uma coroa muito velhaca! Velhaquíssima!
— É fogo!
— E rainha da celulite...
— Dizem que na cama faz misérias! Deixou fama no Imposto Sindical! Não havia chefe que ela não passasse nos peitos!
— Deu umas voltinhas com o ex-diretor-geral!
— E que voltinhas! Quase a volta ao mundo...
— Uma vez dei de cara com os dois no Recreio dos Bandeirantes. Automóvel parado... Luz apagada... E eles naquela conversinha que nós conhecemos...
— E eles te viram?
— Se viram, não deram pelota! Muito cínicos!
— O Anselmo sabia...
— E daí? O Anselmo não é de nada! Ele é de fritar bolinhos! Muito sabido é o que ele é! Não iria perder aquela boca-rica, meu chapa! o que é que há?
Como, porém, as paredes nem sempre têm ouvidos, os mexericos não chegavam às oiças do coronel, cuja sala ia se tornando em bem pouco aportada ilha no agitado arquipélago que se formara, eruptivamente, naquele mar administrativo, tão diferente das movimentadas salas dos majores e capitães, onde a bandeira da ener-

gia, da deliberação, da redenção funcional, estava cada dia mais e ufanamente hasteada no mastro da vitória. E nelas mexericos também havia:

— Este nosso coronel é uma besta quadrada! Se cair de quatro, não se levanta mais...

— É invenção do general.

— Estava em mau dia quando o inventou...

— Se o general tiver um impedimento, teremos que nos rebolar! Vai ser de fufa! O coronel não entende nada, nem quer entender nada! Vive no mundo da lua bebendo refresco de jasmim!

— É contrapeso mais pesado do que um fenemê! E temos que carregá-lo...

Há os justiceiros:

— Quando servi em Aquidabã, logo que saí das Agulhas Negras — atestou o primeiro-tenente —, ainda se falava no coronel Madureira, que andou por lá de major, há muito tempo, portanto. Deixou saudades. Falava-se muito bem dele. Tinha afilhados por todos os cantos. É um homem decente!

— Longe de mim dizer o contrário. Acho que é a única e exclusiva razão que levou o general a chamá-lo para aqui. E está gagá. De fazer pipi na cama... Lembram-se daquelas reuniões na casa do general? Só abria a boca para dizer besteira! Era de dar dó... E não vêem como está literalmente babado pela secretária? Ela é quem iria mandar aqui dentro, tão certo como dois e dois são quatro.

— É comida do contador-geral...

— Temos que cortar as asas desta galinha!

— E as do contador também. É ave perigosa.

Mas como, repita-se, as paredes nem sempre têm ouvidos, tais fuxicos não chegavam aos do coronel, abertos inteiramente às enlevantes melodias da secretária, cujos rabiscos taquigráficos possuíam para ele a suprema categoria de hieróglifos, sabedoria a que humildemente se curvava:

— Não sei como a senhora consegue decifrar esta atrapalhada toda!

— É a prática, coronel!
A exuberância da sua prática foi se manifestando ininterruptamente. Dia não havia que os olhos do coronel não se arregalassem para mais uma cabal demonstração. Com que perícia destrinchava os casos e quebrava os galhos! Como conhecia a fundo os mais escuros escaninhos do SEGAL! Como se encontrava a par de todo o mecanismo administrativo! Como sabia as qualidades, manhas, vícios, limitações de cada funcionário! Livrava-o de precipícios:

— Por aí não vai, coronel. Empaca! O chefe do Arquivo é matusquela! Já esteve até internado num sanatório, tomando choques. Saiu uma pilha...

— Mande a sua requisição diretamente ao contador-geral, coronel. O Anselmo resolve. Do contrário cria barba!

Ou advertia-o contra distrações:

— Passe chave na gaveta, coronel. Gaveta aberta é um perigo! Não se fie no pessoal da limpeza... É de morte! Grampeadores sumiam todos os dias... Parece que havia uma especial paixão por eles... Mas até um mimeógrafo elétrico já desapareceu daqui!

Madureira abismou-se:

— Um mimeógrafo?!

— Um mimeógrafo elétrico! — confirmou Almerinda. E ainda acrescentou: — E um telefone de mesa...

— Mas ainda não instalaram inquéritos, dona Almerinda?

— Inquéritos?! Por acaso o senhor já viu algum inquérito administrativo chegar a uma conclusão? Viram, reviram, acabam determinando o clássico "Arquive-se"... Melhor é logo não mexer no assunto. Poupa o ridículo e fica muito mais barato!

Madureira considerou a fala da secretária como exibição de cínica filosofia, inocente produto da decadência dos costumes, que a revolução viria restaurar. E dona Almerinda continuou:

— Lá, uma vez, na Seção de Diversões de Operários, um pobre-diabo afanou 19 mil cruzeiros enfestando despesas duma festa junina. Abriu-se inquérito, que concluiu pela culpabilidade do infeliz. Mas um cara da repartição, bichinho muito estatístico e galhofeiro, fez as contas e demonstrou que para apurar um desfalque de 19 mil cruzeiros os cofres da nação gastaram quatro milhões e lá vai fumaça. Creio que tal conclusão firmou jurisprudência...

Veio outra sexta-feira, com a respectiva reunião semanal, que funcionava como balanço de atividades e programação de novas providências, e dona Almerinda preparou uma pasta, caprichosamente organizada, com assuntos para o coronel apresentar e debater, o que não aconteceu, pois não lhe deram vez e, por seu lado, não forçou uma brecha. O major Oldemar, debilmente apoiado pelo major Albuquerque, especialista em telecomunicações, teimava que se trabalhasse no sábado pelo menos meio expediente, para dar prosseguimento ao questionário de maneira que pudessem devolvê-lo à Comissão Geral de Inquéritos dentro de um prazo honroso — já estava atrasado.

Prevaleceu, contudo, a ponderação do general:

— Não vamos com tanta sede ao pote! Trabalhou-se bastante esta semana. O questionário seguirá a seu tempo. Não me descuidarei. Está na minha agenda. Mas continuemos mantendo a semana inglesa. Os funcionários merecem.

— Mas temos tanta coisa a combinar — insistiu o major Oldemar franzindo o cenho. — Hoje não conseguimos esgotar a pauta... Não chegamos nem à metade dela! — e dava vigorosas palmadas na sua pasta, gorda de fazer gosto.

Pantaleão manteve-se durão:

— Poderemos conversar lá em casa. Até ficaríamos mais à vontade...

O major viu que não arrumava nada:

— Que assim seja, general.

Madureira não tivera coragem de aplaudir o major Oldemar — que lhe era tão antipático e hostil! Mas bem que gostaria que o SEGAL funcionasse no sábado, mesmo que fosse o tal meio expediente, para não ficar dois dias consecutivos privado da consoladora presença da secretária.

Despediu-se de semblante tristonho:

— Até segunda, dona Almerinda.

— Bom sábado e bom domingo, coronel — desejou ela, interrompendo a assaz demorada maquilagem de saída.

— É o que gostaria de ter — suspirou.

Caprichou em coquetismo e desentendimento:

— E não vai ter, coronel?

Ele torceu a tempo:

— Não, dona Almerinda. Para meus pecados, não. Pantaleão pediu a minha presença em casa dele domingo. A minha e a dos meus companheiros. Lá tenho que ir, que remédio! Eu sei o que são aquelas reuniões... Quilométricas!

Ela não ignorava que tomava uma prematura liberdade — é devagar que se vai com o andor, pois o santo é de barro... — mas jogou a cartada:

— E quadradas! Quadradas de encher o saco! O senhor é um mártir!

Madureira sorriu, baixando a voz:

— Não fale isto alto...

— Não sei me calar! — respondeu muito altiva, percebendo que a cartada pegara.

— Se todos tivessem a sua coragem... — sussurrou ele.

— Nasci assim, coronel.

Ele sabia — perfeita por fora e por dentro... Deu dois passos em direção à porta e não se conteve:

— E a senhora, que vai fazer nos seus dias de descanso?

Ela não titubeou:

— Praia, coronel! Meus sábados e domingos são sagrados: banho de mar!

— Ah... Com Vera Lúcia, não é?

— Um domingo, sim, um domingo, não, infelizmente... Ela só tem saída quinzenal. É o regulamento das Marcelinas. São muito exigentes.

— Então, permita-me que lhe diga francamente, dona Almerinda, ela não está num colégio, está numa prisão!...

A mãe da aluna interna não retrucou galhofa com galhofa, apelou para o drama:

— É para o bem de Vera Lúcia. Eu me resigno!

O trato da terra, nossa mãe generosa, as plantas e as aves, no sábado interminável, interminável, serviram de lenitivo — o ancinho é uma espada leve! a enxada é um fuzil sem balas! Em cada broto o lavrador via surgir um verde de esperança, em cada fruto encontrava um sabor desconhecido, em cada corola um matiz de ternura, em cada pintinho amarelo descobria um vivo encanto de amor, a tesoura podadora cortava os espinhos e empecilhos, o regador derramava sobre os canteiros de couves, alfaces, repolhos, nabiças, uma pródiga chuva de carícias, a soneca na rede foi um tecer de devaneios — há quanto tempo não tomava um banho de mar!

De tarde, Deolinda quis ir ao cinema do bairro — a fita estava sendo muito falada, tinha uma canção que toda a cidade cantava! Armou-se de resignação:

— Está bem. Vamos.

E foi de camisa esporte verde-garrafa. O noticiário, com figuras e acontecimentos do momento político, recebeu vaia e palmas. Mais palmas.

Veio domingo e a ida ao apartamento do general Pantaleão — o carro ficou na porta do edifício, esperando, o motorista de rádio ligado para as peripécias de Bonsucesso e Botafogo no Maracanã, depois desiludido com o resultado, dormitando sobre o volante. Major Oldemar era uma fábrica de planos econômicos, financeiros, administrativos, disciplinares, regimentais e anti-subversivos

— expunha-os, amparando-se em organogramas e fluxogramas, discutia-os, solicitava e recebia sugestões, às quais, como era do seu feitio, rebatia com cerrada obstinação, mormente quando partiam do bronzeado capitão Cambará, do Batalhão de Obuses, que ele considerava um parvo completo. Houve um momento até em que a controvérsia pegou fogo — Cambará, neto de magistrados, convencido de que não poderia deixar de ser mantida e prestigiada a justiça civil, Oldemar negando a sua manutenção e validade:

— É assunto superado. Uns corrompidos! Uma guitarra de *habeas corpus*! Um entrave aos sãos propósitos revolucionários, entrave que, sem contemplações, devia ser destruído, *manu militari*. As revoluções derrogam o que é espúrio e anacrônico, criam a justiça que lhes convém. Para tanto é que são revoluções... Se é para continuar tudo como estava, não há motivo nenhum de se fazer uma revolução... E ela foi feita! Sem encontrar obstáculos! Como um anseio nacional!

— Sim, está certo, mas precisam e urgentemente de ordenar a nova configuração. É fundamental. Para tanto há normas e especialistas. Do contrário as conseqüências serão negativas. Normalizada a situação, que valor terão os inquéritos que tumultuosamente se empreendem? Nenhum! Por inevitáveis falhas processuais, acabarão anistiados, absolvidos, readmitidos, tanto os inocentes quanto os culpados, o que seria voltar tudo à estaca zero, portanto, um disparate!

— É o que não consentiremos!

— Sem o escudo legal nada fica de pé. Seremos envolvidos, arrastados, não tenha ilusões. Os militares não aprendem leis... A Escola Militar não é uma Faculdade de Direito...

— As armas são uma força e a força cria a lei!

— Pipocas! Não sou tão ignorante, que não saiba. Mas é preciso depois codificá-la, aplicá-la, fazê-la respeitar, e para tanto a justiça civil existe, sempre existiu. É um poder! Um poder democrático! Justiça de exceção não é a normalidade. Lei de revólver só existe em *far west*... e não estamos bem no *far west*... Creio que ainda acreditamos na democracia...

— Napoleão não era jurista e ditou o código francês da primeira à última linha. Nunca houve outro melhor. Nunca! Serviu de modelo para o mundo inteiro.

— Não confunda alhos com bugalhos! Napoleão apenas inspirou-o e retocou-o. Foi elaborado por uma comissão de — e frisou bem a palavra — juristas.

Major Oldemar saltou:

— Não estou confundindo! Não sou um paspalhão, nem um idiota! Se nós, os militares, fôssemos todos como você, cheios de escrúpulos e regrinhas, entrávamos pela tubulação como, por sinal, íamos entrando! Lembre-se que salvamos o país e não podemos voltar atrás, repô-lo nas mãos dos elementos corrompidos e dos subversivos!

Cambará ia retrucar, e retrucar com veemência, sempre achara Oldemar mais atrevido do que abilolado e casca-grossa, quando o general, amarrando o cinto do *robe de chambre*, impôs a hierarquia:

— Não se exceda, major Oldemar. O excesso não nos conduziria a parte alguma. Talvez ao caos, de que rotundamente se aproveitaria o inimigo e não se esqueça de que o inimigo não está morto, está apenas desbaratado e encolhido e logo poria as unhas de fora. Compreendo o seu entusiasmo. Compreendo perfeitamente. É um entusiasmo sincero e sadio, mas imprudente. Assim sendo — em princípio, ou por princípio —, o major não desconhece a minha formação positivista...

Major Oldemar externou imediatamente absoluto conhecimento, conquanto não soubesse quais fossem tais princípios — certamente velharias, borocoxosismos, o prezado general de pijama era uma autêntica múmia!

E o simpatizante de Augusto Comte prosseguiu:

— Estou com o capitão Cambará. A justiça civil tem de ser ouvida. Ouvida e respeitada. É do melhor procedimento democrático, a essência mesma da democracia que nós defendemos, ameaçada que fora. Toga e espada se completam, sempre se completaram. Têm de marchar unidas. São os sustentáculos da ordem e da legalidade, a base do organismo social. Se há magistrados corruptos, o que é para lastimar, e eu não nego, isto é outro caso. E iremos solucionar a deplorável questão sem ferir a dignidade da magistratura, a legitimidade das leis, a inteireza constitucional. O Ato Institucional não destruiu a nossa Carta Magna — consolidou-a! A "linha dura" não me parece o caminho sensato e patriótico para a pacificação nacional. Depois da luta temos que ter a paz... A situação econômica e financeira do país é catastrófica e precisaremos de paz e cabeça fria para solucioná-la...

Major Oldemar engoliu a discreta sarabanda, ainda confabularam por mais de três horas e o coronel Madureira chegou em casa, noite fechada, morto de cansaço de tanta falação.

— Amanhã à hora de costume, coronel Madureira? — perguntou o motorista.

— À hora de costume, rapaz. Boa-noite e desculpe a maçada de hoje.

— Ora, coronel, que maçada nenhuma! É a minha obrigação. Estamos aí! E muito boa noite para o senhor também.

A mulher esperava-o com uma sopa de legumes, reforçada no entulho, e natural vontade de saber o que acontecera no apartamento de Pantaleão, onde nunca fora:

— Conta, Madu. Estou curiosa.

Madureira pacientemente falou, falou, falou, e ela, os cotovelos fincados na mesa, espremendo-o como fazia aos cravos do rosto, quase colando o nariz no espelho *biseauté* da penteadeira. Caindo pelas tabelas, ele arrematou o relatório:

— Quando Oldemar começou a grimpar com Cambará, Pantaleão deu-lhe um chega-pra-lá, que ele calou logo o bico, ficou mais mudo do que tigela! ("Chega-pra-lá" era expressão recém-aprendida com a secretária.)

E a coronela gastou mais gíria de caserna:

— Com o general ninguém tira farinha... Escreveu, não leu, pau comeu!

Veio a segunda-feira e Madureira encontrou sobre a mesa uma boa pilha de processos — para começo de conversa não estava mal...

— Foi o Anselmo que deixou, coronel — informou dona Almerinda. — Basta assinar. São assuntos de rotina...

— Não há dúvida. Vamos em frente!

A secretária tomava um processo, abria-o na página exata, punha-o diante dele, Madureira lascava a assinatura, ela recolhia-o e passava-lhe outro. Lá pelo sexto, investiu:

— Como foi o bate-papo ontem na casa do general Pantaleão, coronel?

— Na forma do costume para variar... Muitas propostas, muitos planos, muita discussão, mas nada de concreto, de definitivo. A horas tantas houve um qüiproquó meio aborrecido, mas acabou tudo bem.

— Qüiproquó, coronel?!

Mas, discreto, o coronel não escorreu nada — relatar a discórdia verificada deixaria mal os companheiros de farda — e Almerinda, sabida, não insistiu. Não insistiu e a pilha chegou ao fim.

— Desta ficamos livres!

— Não pense que vai ficar folgado, coronel... Daqui a um pouquinho tem mais...

— Enfrentaremos!

— Este papelório é de morte, não é, coronel?

Não ficava decente se queixar de trabalho — ali estava ganhando para executá-lo:

— Mais ou menos...

— É o requinte do excesso! Afogamo-nos em papéis! Todo esse aluvião poderia ser simplificado. Mais da metade do que fazemos não tem a menor razão de ser, não serve para nada. Pura burocracia.

— Talvez tenha um pouco de razão.

— Se tenho!

E Madureira, intrigado, por mais que de soslaio observasse, não distinguia nela sinal de permanência ao sol, o mínimo que fosse, decidiu perguntar:

— A senhora não se queima, ou não foi à praia?

E ela que não pusera o pezinho na areia:

— Sou cautelosa, coronel. Muitíssimo cautelosa. Primeiro, passo óleo no corpo todo; segundo, me defendo do sol, não me expondo demais e abrigando-me em barracas. Tenho inúmeros amigos que levam barracas. Vou filando...

— A senhora é finória!... E a água estava boa?

— Estava fria. Bastante fria. Não se podia demorar. Também eu entrei e saí logo... Sou como gato... tenho horror à água fria...

E se nenhum vestígio o sol deixara nela — flor que não se cresta! —, inebriava-o o perfume que dela se evolava, que marchava na sua esteira, que se agarrava às pastas, aos papéis, ao telefone, a todos os objetos que ela tocava, diligente abelha de mel dulcíssimo.

— Que perfume é esse, dona Almerinda?

— É Jolie Madame. Não gosta?

— Que não gosto! Maravilhoso! Aposto que é francês, ou estou enganado?

— Absolutamente certo! Só gasto perfume francês... — Acoelhou-se meigamente: — É um pequenino luxo a que me dou... Mas no contrabandista a gente consegue arrumar um pouco mais barato...

Contrabandista era, para o coronel, que já os vigilara sem tréguas na fronteira sulista, sinônimo de pirata, de mau elemento, pelo menos de perigoso contraventor:

— Mas a senhora compra perfumes em contrabandistas?!...

Almerinda era toda naturalidade:

— Só perfumes, não. Perfumes, *lingerie*, meias, cosméticos, desodorantes, uísque, cigarros americanos, tudo. Andam por aí aos montes! Têm até portas abertas. Copacabana está cheia deles. São uma instituição! Como a dos bicheiros...

Madureira estava boquiaberto:

— Como é possível, dona Almerinda?
— Então, não é possível, coronel? Não reparou que eu só fumo cigarros americanos?
— Realmente têm um cheirinho diferente...
— Todas as semanas o meu contrabandista leva lá em casa um pacote. Kent, Marlboro, Philip Morris... Fresquinhos! No fim do mês eu pago. Tenho crédito...

Madureira lembrou-se do major Oldemar. Fê-lo com mais simpatia, compreensão e equidade. Era um cabra arreliado, desagradável; agressivo, mas tinha lá razões para as suas drásticas atitudes — este país estava mesmo uma vergonheira! um descalabro! um monturo! era preciso que...

Dona Almerinda interrompeu o cismar:
— O Anselmo recomendou-me que o senhor não se esquecesse do memorando para o território do Amapá.

Madureira estava meio baratinado:
— Sei lá que memorando é este!
— Eu sei, coronel. Deixa que eu faço. É uma bobagem! Como disse, metade do que se faz aqui é bobagem! Mas como temos mesmo que fazer, vamos mandar brasa! — e dirigiu-se para a máquina, que era mavioso piano sob os seus dedos ágeis.

À ação daquela música, Madureira serenou.

Quarta-feira, lá pelo meado da tarde, o ar-condicionado funcionando um tanto exageradamente, surgiu o redator de óculos e inculta bigodeira. Encarregava-se, sob iniciais, de uma coluna de assuntos econômicos num vespertino, assuntos que conhecia meramente para uso jornalístico, pois vivia dando pinotes, na maior dependura, com dezenas de papagaios em bancos, fornecendo ampla cópia de aborrecimentos aos incautos avalistas.

— Com licença, coronel Madureira. É um minuto só.
— Estou à sua disposição. O que deseja? — e apontava implicitamente a cadeira ao lado da mesa.

O redator não se sentou. Tinha a voz de quem estivesse rouco:

— O major Oldemar reclamou, e digamos injustamente, que os jornais não têm dado a conveniente cobertura aos atos da comissão, e vários deles até nem publicaram o que lhes foi enviado. Achava que havia sabotagem. Expliquei-lhe que não havia sabotagem nenhuma e que o motivo da falha é muito simples. Simplíssimo! — dizia e não simplicíssimo. — O material enviado não vai como matéria paga e, como o espaço do jornal custa caro, e jornal é uma indústria privada, é preciso que se converse os secretários de redação, que apelemos para a publicação como coisa própria, coisa de interesse particular nosso, colegas deles, afinal. Percebe, não é? Acontece que o general Pantaleão baixou horário integral, sem exceções. Estamos cumprindo, isto é, ficamos retidos aqui. Retidos aqui, remetemos o noticiário por contínuos, sob protocolo para evitar encrencas, e depois de bater o ponto corremos para os jornais e não temos tempo útil de visitar as redações e cavar a publicação do noticiário do SEGAL, como fazíamos antes. Somos cinco redatores apenas, é óbvio que nos nossos jornais as notícias saíram, e saíram até muito destacadamente como é fácil verificar. Mas dá-se que quatro de nós trabalhamos no mesmo jornal, o coronel percebe, não é? É como chover no molhado. Se não houver obrigação de horário integral, se ficarmos dispensados do ponto de saída, poderemos correr as redações, como nunca deixáramos de fazer, apelar para os colegas, todos bastante acessíveis, e mesmo há matutinos e vespertinos com horários de redação diferentes, detalhe que o major Oldemar ignorava. O major relutou, pôs várias objeções, mas acabou admitindo. Conversou com o general e, por fim, nos foi dada a liberdade de saída, que sempre gozamos para o bem do nosso próprio serviço, o qual temos o máximo empenho de que seja eficiente, até por uma questão de honra profissional, compreende, não é? Assim, eu venho à sua presença pedir que me forneça sempre o que deseja colocar na imprensa, com o maior ou menor destaque, com a maior ou menor urgência. E imediatamente providenciarei a publicação. Eu e os meus colegas, é claro, estou falando não apenas em meu nome. Nossa equipe sempre foi unida. Um por todos, todos por um!

O coronel teve um lampejo de esperteza:

— Moço, você publique o que achar conveniente.

— Obrigado pela confiança, coronel. Muitíssimo obrigado. Não vai ficar decepcionado. Posso garantir que não vai! Nós entendemos do nosso ofício. — E ultra-insinuante: — O senhor não tem um retratinho seu à mão, coronel?

— Retratinho?

— Sim. Um retratinho. Qualquer um serve. É para fazer clichê. Gostaria de publicar uma boa notícia a seu respeito.

A solicitação era inédita e Madureira resistiu:

— Ora, moço, que notícia coisa nenhuma! É muita delicadeza de sua parte, mas quem sou eu? Que fiz eu?

O jornalista gesticulava adequadamente:

— O coronel tem se portado magnificamente aqui. Competente e justo! Atento e cortês! Já conquistou amigos. Já passeia de pijama em nosso coração. Não é, dona Almerinda?

Ela endossou:

— É a expressão da verdade.

— Apenas tenho cumprido o meu dever — disse com modéstia Madureira. E mais convicto: — O dever de um militar.

— Exatamente por isso, exatamente por isso. O amor ao dever é mérito que não deve ser escondido. Pelo contrário, deve ser propagado.

— Propaganda é para sabonete, rapaz!

— Reconsidere isto, coronel. Não é propaganda, é justiça! Precisamos de exemplos.

— Há muitos exemplos melhores do que eu...

— Não abuse da modéstia, coronel. Reconsidere a proposta.

— Caboclinho falador, hem! — comentou Madureira, quando o redator saiu com repetidos salamaleques.

Dona Almerinda defendeu-o:

— Não pode imaginar como é prestativo. Legalíssimo! Todo mundo gosta dele.

— Bem o vejo. É muito insinuante, muito cativante. E desembaraçado! Mas venha cá, dona Almerinda, me explique uma questão. Estes rapazes também mexem com negócio de rádio e televisão?

— Só o Fagundes, coronel. Só o Fagundes. Ele é quem faz os contatos com o rádio e a televisão.

— Só ele? Esquisito, não é?

— Esquisito, não, coronel. Precário... Falta de uma organização racional de trabalho. Atuam muito na base da improvisação. Obra legal prestaria o senhor se reestruturasse o setor de relações públicas do SEGAL, transformasse-o num organismo sério, num organismo para valer. Vá pensando nisto...

Madureira sentiu-se ligeiramente lisonjeado:

— Vamos ver... Vamos ver...

Atarracado, braços curtos, maxilar quadrado, sargento Josimar pede passagem:

— Coronel...

— O que se passa, sargento?

Josimar mantinha-se em postura rigorosamente subalterna:

— Venho comunicar, coronel Madureira, que já foi reservada uma área de estacionamento para as viaturas do SEGAL na avenida Presidente Vargas, bem defronte ao edifício. A Inspetoria do Trânsito estava com mamparreação, mas major Oldemar mandou agir no peito e na raça e ela acabou delimitando-a. Tem placa indicadora e há vagas para todos. Não há mais problemas com o seu carro.

Madureira não soubera das dificuldades anteriores, quando até pneus andaram esvaziando:

— Muito bem.

— Agora o coronel precisa fornecer a relação dos carros do seu departamento para o competente controle da portaria. Fiquei encarregado do controle.

— Estamos entendidos. Vou providenciar a relação com dona Almerinda. Mais alguma coisa?

Não havia mais nada e sargento Josimar bateu em retirada, retornando ao seu posto, onde, o quanto podia, escorria os olhos para a telefonista — umas coxas e tanto! Dona Almerinda se ausentara, fora fazer um lanche ligeiro — estava caindo de fome! Madureira pôs-se a cismar — quem tinha carro no seu departamento? Para que tantos carros? Dona Almerinda já lhe confessara que o seu sonho dourado era ter um fusca... Como seria o apartamento de dona Almerinda? Um ninho com certeza!

O cismar foi interrompido pela própria dona Almerinda, que trouxera chocolate:

— Para adoçar a vida, coronel...

Era um veneno para a vesícula! — mas ele não teve coragem de recusar.

Em casa, mais animoso, Madureira reconsiderou a proposta do redator e não pôde se conter:

— Você, nos seus guardados, não tem por acaso um retratinho meu, Linda? Um jornalista lá insistiu em publicá-lo no jornal com uma nota a meu respeito. É um moço inteligente, muito amável e muito prestativo.

Dona Linda ficou acesa — ele não faz mais do que a obrigação! — e remexendo gavetas, procura que procura, encontrou, em velha caixa de papéis de carta, um 3x4 que sobrara duma carteirinha associativa:

— Você acha que serve?

Ele teve um gesto de forçado pouco caso:

— Deve servir. Não entendo muito desses trecos de jornal.

O redator achou ótimo:

— Vou caprichar, coronel!

— Calma! Mais devagar com a banda de música! — e deu uma risada. — Tenho antes de falar com o general. — E dando outra risada: — São regras disciplinares para as quais vocês estão bugiando!

— Nós também temos a nossa disciplina, a nossa ética, coronel...

Madureira soltou uma risada, pois considerava todos os jornalistas como uns boêmios:

— Só que não cumprem nada, não é mesmo?

— Se pudermos desapertar para a esquerda, é patente que desapertamos, meu caro coronel.

Madureira apreciou a fala:

— Você já foi soldado, moço?

— Fui incorporado, coronel. Dei meu serviço legal. Um ano de tropa no 1º RI. Primeira categoria.

Madureira piscou o olho:

— E gostou?

— Dei conta do riscado direitinho. — E rindo: — Xadrez não peguei nenhum. Saí sempre de fininho...

— Não me admira. Você tem todo o jeito de macaco escolado... Bem, vamos falar com o general.

— Não tinha nada que falar... — repreendeu-o dona Almerinda com a máxima graciosidade. — Está muito enquadrado...

Falou, um pouquinho ressabiado, Pantaleão, com um terno cinzento muito janota, não se opôs:

— Vosmecê merece tudo, Madureira!

— Eu não disse?! — recebeu-o dona Almerinda. — Perdeu o seu tempo...

— Tem acento grave, coronel.

— Tem? Não seja por isto... Lá vai!

— Tem trema e acento circunflexo...

Os dois?!...

— Agora é com dois esses, meu chefe.

Dona Almerinda era mestra em complicações ortográficas e Madureira, entusiasmado:

— Ainda bem que a senhora me socorre! Eu não sei mais escrever. Positivamente não sei! Também, vamos e venhamos, cada dia é uma ortografia!...

— E mudou também a nomenclatura gramatical.
— Mudou, é?! Não sabia!...
— Foi muito simplificada.
— Simplificada? Eu acho que com a preocupação de simplificar vão é complicando mais as coisas...
Almerinda tinha memória para certos trechos lidos que a impressionaram e brilhou com um deles:
— A simplificação é uma complicação a menos... A menos, não! A mais.

Choveu, choveu, chuvinha miúda, morrinhenta, estendendo sobre a cidade aquela cinzenta e ensopada tristeza, que contamina os corações. Mas, de galochas — vermelhas! — em forma de botinhas, alegre era a capa de chuva de Almerinda — vermelha! — com um capuz — vermelho! — transformando a dona, aos olhos ensolarados de Madureira, na meiga menina da história da carochinha, que o lobo bobo não comeu.

Chegou úmida e atrasada:
— O senhor não pode imaginar como está o trânsito na Praia de Botafogo. Engarrafamento, batida, uma loucura!
— A senhora está com uma capa muito bonita!
— É Chanel.
O coronel ficou na mesma.

Realmente o redator caprichou, saiu a nota na terceira página do vespertino, resumindo dados biográficos do coronel Jonas Madureira da Silva Filho, louvando o seu bom senso, a sua inteligência, o seu trato ameno, mas decisivo, os seus nobres ideais democráticos e autenticamente nacionalistas, o seu valor como soldado, padrão de virtudes cívicas, que, no cumprimento do dever, palmilhara o território pátrio e presentemente emprestava as suas esclarecidas luzes à reorganização do SEGAL, que tanto carece de uma nova estrutura condizente com as conjunturas econômico-financeiras do mundo democrático.

— Vá puxar o saco assim no inferno! — gargalhou Anselmo, após ler o relambório.

Madureira, outrossim, considerou a nota excessiva:

— Menino, você exagerou! Fez uma notícia para o duque de Caxias... Sem tirar nem pôr.

— Disse apenasmente a verdade, coronel Madureira. Nada mais do que a pura verdade. E refreando a pena!

Madureira bateu no ombro do jornalista, camaradamente:

— Imagino só se você desembestasse! Me compararia a Napoleão...

Dona Almerinda meteu a suave colher:

— Ainda disse pouco. Devia ter deixado a pena correr!

E a verdade jornalística, em negrito corpo oito, foi recortada por dona Linda e amplamente enviada a parentes e amizades — a comadre que deixara em São Luís de Cáceres, que não vira mais, com a qual fielmente se correspondia, e já tinha filho cadete, havia de ficar contente!

Contente, porém, quem ficou mesmo foi a própria dona Linda, alguns dias depois, quando em acelerado saiu o desejado aumento dos militares:

— É uma dinheirama!

— Que dinheirama, queridota! Tão-somente para tapar os buracos. E a inflação vai comer tudo depressa. Não é possível detê-la de uma hora para outra. Estávamos numa completa mixórdia econômica e financeira. Nem sei como não caímos na bancarrota. Nem sei! É preciso muita vassoura e muito trabalho para limpar as nossas finanças. Trabalho para gigante!

Dona Linda não o ouvia, se encontrava a mil quilômetros da inflação. Os sonhos, que em revoada lhe acudiram com as pingues diárias da interventoria, se multiplicaram, atropelavam-se na sua cabeça, deixavam-na indecisa entre um sítio em Valença, onde o marido pudesse expandir os seus pendores fazendeiros, e uma casa de praia em Cabo Frio, como estava na moda, moda a que Dorinha se incorporara, e derrapavam para a automotorização:

— Que tal um automóvel, Madu? Eu aprenderia a guiar!

— Para que automóvel? — replicou mansamente o coronel, que sempre resolvera a vida nos calcantes — e infante era! —, que achava automóvel luxo mais dispendioso e capaz de dar dores de cabeça do que duas amantes, sem que proporcionasse os mesmos prazeres.

— Poderíamos passear aos domingos, ora! Há tanto lugar bonito por aí... Poderíamos ir tomar banhos de mar na Ilha do Governador, poderíamos ir a Petrópolis, Teresópolis, Friburgo, poderíamos ir comer camarões fritos e milho assado na Barra da Tijuca... Seria formidável! A Barra é um lugar maravilhoso!

Não tinha defesa, qual jogador que ganhara com cartas marcadas e os parceiros perceberam:

— Faz o que você quiser, Linda!...

Ela teve uma idéia:

— Vamos ao teatro para comemorar?

Ele, que estava meio pregado, tentou se esquivar:

— Dá tempo?

— Pegando um táxi, dá.

Ainda forçou por escapar:

— Mas será que encontraremos lugar?

Deolinda era a própria decisão:

— O teatro é enorme, Madu.

Foram ver *Como vencer na vida sem fazer força*, chegaram em cima da hora, as luzes já se apagando para o descerrar da cortina, e havia boas localizações nos balcões. Comprou o programa ilustrado que lhe ofereceram:

— Hoje se vende tudo, Linda... E caro!

Nos intervalos passearam no fumarento vestíbulo, inspecionaram as vitrines de propaganda, foram ao balcão do bar, pois a mulher, sedenta, desejava uma Coca-cola, ouvindo trapos de conversas, e Madureira matutou — tanta gente e ele não conhecia ninguém. Deolinda confundia autor com tradutor:

— Este Lacerda é das arábias! Faz tudo!

Madureira sentiu-se um pigmeu.

E mais vulnerável se encontrou diante do procurador que, sobraçando uma enormidade de processos, apressou-se a dar-lhe os parabéns pelo aumento:

— Foi uma brilhante conquista!

— Ganhávamos pouco. A vida está cara. Muito cara. Não há orçamento que suporte — cuidou justificar.

E o procurador, em tom zombeteiro:

— Claríssimo! Da minha parte eu confesso que era um privilégio simplesmente odioso que tinham os procuradores ganharem o que ganhavam! Uns marajás... Felizmente, agora um terceiro-sargento perceberá tanto quanto eu... Honra ao saber!

Mais amor e menos confiança! — acudiu ao coronel responder, sentença tão ouvida da boca de sua mãe, mulher de trabalho, morta há tantos anos, coitada! duma febre puerperal, quando tivera o oitavo filho, e não havia médico em dez léguas ao redor, só curandeiros e benzedores, e o cheiro adocicado que vinha da morta, estendida no rústico catre, jamais pudera esquecer! Mas engoliu a lembrança, o rapaz era simpático, competente, operoso, principalmente era alegre — detestava as pessoas tristes, sorumbáticas! — e, com a caneta humilde, foi colocando o melancólico rosário de vistos que o bacharel exigia, algumas vezes apontando com o indicador, cabeludo na falange, unha polida, o lugar da assinatura ou chancela:

— Aqui, coronel...

— Está bem.

O procurador, os olhos de um castanho quente, avermelhado, enxotou a mosca impertinente, tornou a enxotá-la, gracejou:

— Devia haver um Ato Institucional cassando as moscas.

Madureira sorriu, o procurador voltou a gracejar:

— Se ganhasse um tostão por cada visto, em pouco tempo aqui o senhor ficava rico, coronel... Mais rico do que tabelião! Ganharia milhões!

— É o que eu estou vendo, doutor. É o que eu estou vendo... Milhões!

Retirou-se o procurador, achegou-se dona Almerinda, sapatos de bico muito comprido e fino, com aquele balanço de corpo que entontecia:

— Cuidado com este pilantrinha. Muito cuidado! Não é flor que se cheire. Já armou uma fria para o Anselmo, que vou lhe contar! Se o Anselmo não fosse de circo tinha entrado bem! Agora trata o Anselmo na palma das mãos... É tal qual morcego: chupa e sopra. — E como Madureira nada falasse: — Eu ouvi o que ele disse. Ousadia!... Descaramento!... Ganha um dinheirão, vai ganhar mais, pois o aumento do funcionalismo está para sair e ainda vem com ironias... Me desculpe, mas o senhor deveria ter engrossado com ele! Engrossado mesmo! — De punho fechado, brandia-o num tilintar de pulseiras: — Dado uma bronca em regra! Fosse fazer ironias com a vovozinha! Ele se agachava logo... Conheço esta prenda — não é de nada...

Madureira confessou:

— Sabe, dona Almerinda, eu acho que não sou dotado de muita presença de espírito... (Quanta situação embaraçosa em que se encontrara, não fora a mulher, desaforada quando queria, que decidira por ele!...) Sou meio lerdo...

— Não, coronel. É que o senhor é uma dama. Uma verdadeira dama! Lidando com cafajestes!

A atividade do major Oldemar é manifesta. Além de múltiplas medidas de economia, abriu concorrência para os relógios de ponto, reformou o mastro, que não estava em patrióticas condições para receber o pavilhão nacional nos domingos e feriados, estabeleceu um sistema de rodízio para os serventes, relaxadíssimos na limpeza, obrigando-os a andar com as suas roupas decentemente abotoadas, inaugurou um serviço de reclamações para o público e uma caixa de sugestões para o funcionalismo, umas e outras podendo ser enviadas sob anonimato, criou um novo prontuário de fornecedores, e determinou ao capitão Tibiriçá que levantasse os antecedentes dos atuais distribuidores, matula contra a qual armazenava a mais decidida aversão — uma quadrilha!

— A rigor isto deveria ser da competência do coronel Madureira, que tão-somente a ele concernem tais encargos — frisou, esmagando o cigarro no cinzeiro. — Mas o capitão conhece o coronel tão bem quanto eu... É cheio de coisinhas, afoga-se em poça d'água... Não irá dar conta do recado. Até agora, pelo menos que eu saiba, não deu um passo neste sentido. — E categórico: — Temos, por conseguinte, de tratar do caso.

Tibiriçá tentou alertá-lo:

— O general põe a mão no fogo pelo coronel.

— Eu também, capitão! É de reconhecida probidade. Inatacável! Mas é de extrema boa-fé. E de gente de boa-fé anda cheio o inferno. Vamos levantar os antecedentes sem demora. Cuide disto com a brevidade de que é capaz. Quando pronto, será fato consumado. Deixe o general comigo. Com ele eu me entendo... (E, secretamente, desconfiava que era a secretária quem estava travando o assunto, industriada por Anselmo, muito sonso, muito aproveitador — uma bisca!)

O capitão percebeu que seria inútil se negar:

— Cuidarei. (E começou logo a dar tratos à bola para encontrar uma forma de desempenhar a missão sem melindrar nem o general, nem o coronel.)

— Estou palpitando que deste mato vai sair coelho... Coelho de dois pés...

Anselmo, mais vivo do que caxinguelê, vinha desde o primeiro minuto de interventoria manjando as manobras de pinça do major:

— O homem é mais para jacaré do que para beija-flor. Mas não nasci ontem...

O subcontador, castigando um tropical inglês de fino corte:

— São uns anjinhos!

— Vão se estrombicar!

— E vão cair duros se, por acaso, apurarem quem são os principais intermediários...
— Deixa isto pra lá! Enche! Quais são as barbadas para o *betting* simples?
— Red Star, Arco-Íris e Gavita.
— Arco-Íris?!... Essa, não! Não pega placê.
— Está na ponta dos cascos!
— Na grama?...
— Na grama e na areia! Tinindo! No apronto de ontem passou os 1.200 em 78.
— Setenta e oito?!... Nem dopada! Quem vai na fiúza dos corujas acaba falando sozinho... Tenho que estudar muito cuidadosamente a minha acumulada.

Dona Almerinda, toda em azul-piscina, a saia colante de se notar a calcinha, os seios empinados como nunca, brincos e anel de pérola barroca, estendeu-lhe o pacotinho aprimorado com laçarote de celofane dourada:
— Um presentinho para o senhor... Para usar depois da barba. Moustache. É o fino!
Madureira desvaneceu-se:
— Mas que absurdo! Não tem cabimento! O menor cabimento! Por que a senhora faz uma coisa desta?!
— É para o senhor não se esquecer de mim...
— Oh! — E querendo disfarçar a emoção com tom jocoso: — Aposto que é muamba de contrabandista...
— O senhor nunca se engana, coronel! E eu não relaxo!
Era um aturdimento. A alegria que lhe inundava o peito semelhava-se àquela com que, em garoto, recebia os toscos, simplórios presentes de Natal, e armava-se uma lapinha na sala de visitas, pobremente guarnecida — um sofá austríaco, ladeado por escarradeiras de louça, uma mesinha redonda, o comprido banco de caviúna tomando uma das paredes quase de ponta a ponta, nada mais. Brotou-lhe a idéia de que estava na obrigação de retribuir —

não somente a mulher teria compras a fazer com o aumento... Queria que fosse um presente bom, um presente de qualidade, um presente à altura! Mas o que ofereceria? A imaginação fervia... E Vera Lúcia? Também deveria presentear a menina. Também! Mas o que daria?!... Teve um clarão — uma pulseirinha de ouro com o nome gravado, quem sabe?... Quem sabe, não — abafaria!

 O dia transcorreu com redobrada cota de mútuas gentilezas:

— Seria muito cacete para a senhora copiar novamente este... como se chama isto, dona Almerinda?

— Extrato de contas, coronel. Que cacete nada! Num minutinho copio... Dê cá.

— Está muito apagado... Presta-se a confusões...

— Apagado é apelido... Está uma indecência! Há datilógrafas aqui que nunca viram uma máquina... — E as teclas passaram a cantar sob seus dedos.

— Queira me desculpar, mas vou lhe dar outra caceteação, dona Almerinda. Conferir estas adições...

Ela achou deliciosa a palavra "adições" — há mais de vinte anos que não a ouvia! — e muito lépida:

— Na máquina de calcular, não é, coronel? Vamos fazer o serviço bem-feito. Serviço de branco... Dou um pulinho na Seção de Contabilidade e num instantinho é questão resolvida. Aliás, o senhor devia ter uma máquina de calcular aqui no gabinete. Das pequenas já servia. Poupava um trabalho bárbaro! Vou falar com o Anselmo para providenciá-la. Ele tem lá máquinas sobrando. Se não tiver, requisita... A confraria é rica...

— Economia... Economia... Olha o major Oldemar!

Ela compôs um arzinho petulante:

— Major Oldemar?!... Quem manda mais, coronel ou major?

— Coronel.

— E então?!

Ele sorriu, ela se foi, dez minutos depois trazia o resultado:

— Certíssimo!

E se lembrou:

— O senhor permite que use o telefone para falar com uma amiga? Prometeu, de pedra e cal, ir lá em casa ontem e não apareceu. Não sei o que houve. Não é de dar bolos...
— Use e abuse!
Espichou 15 minutos de conversa — querida pra cá, querida pra lá — com uma tal de Sueli, cuja falta se prendera à súbita indisposição do pai — felizmente sem gravidade! — e não pudera avisar.

E, entremeando o expediente, relativamente fraco, houve um quinhão de salteadas reminiscências e confidências. Almerinda tivera um único irmão, bem mais velho e inteligentíssimo, que fora miseravelmente assassinado numa tocaia às portas de Codó, quando em missão oposicionista — sabe como a política é braba lá no meu estado! — e nada acontecendo aos bandidos e ao mandante, chefão das forças situacionistas da zona. Madureira relacionou a numerosa irmandade, mas tão separados ficaram que até parecia também não ter irmãos! Almerinda não pudera ficar em São Luís — lá só a passeio, para ver os seus! conquanto se emocionasse até às lágrimas ao reencontrar aquele ambiente de sobradões e azulejos em que se criara. A morte do irmão, e ela era menina, abalara-a intensamente. E que poderia esperar, depois de terminado o curso ginasial, com a pobreza reinante na pequena capital, a falta de trabalho, e o pouco que havia, quase todo governamental, pago da forma mais desencorajadora? E com a autorização dos pais, infelizmente vinculados à ingrata província, viera para o Sul e, graças a Deus, se defendera! Madureira estava certo de que se encontraria diante de idêntico dilema; como, entretanto, desde criança sentira o apelo das armas, conseguira cedo escapar e, apesar de algumas injustiças, fome não passara na vida — apertos todos nós os temos... Almerinda colecionava cartões-postais, guardava-os avara e cuidadosamente, porém somente os que lhe eram dirigidos — e, quando os revia, que saudades sentia das pessoas, e tantas eram, que não existiam mais... Madureira dedicara-se à filatelia, mas persistência não tivera bastante e acabara por vender a coleção, quando já ia para uns cinco mil selos — cinco mil, sim senhora, e alguns bem raros! Almerinda gostava de cães e gatos, todavia nunca os tivera em casa, frustração que às vezes a deixava pensativa — por que não fazermos apenas e exclusivamente aquilo de que gostamos? Madureira concordava — sempre quisera ser um radioamador, possuir um pequeno aparelho transmissor, com ele se ligar aos entes mais distantes! mas nunca tivera condições de adquiri-lo! e agora, que talvez fosse possível, sentia que era tarde, não lhe proporcionaria a mesma satisfação... — Poderemos amar sempre as mesmas coisas? — propunha Almerinda e Madureira não sabia responder. — O amor não pode se reverter em ódio? — completava Almerinda e Madureira também não sabia responder, mas intensamente tocado com a altura do diálogo. Mas a altura baixou como se participassem duma montanha-russa verbal — Almerinda adorava uma Coca-cola bem geladinha:

— Para matar a sede não havia nada igual e não era influência de propaganda não!

Madureira apreciava os refrescos de frutas naturais — das nossas frutas... E a conversa tornou a subir — o que mais atraía Almerinda nos homens era o caráter...

O fluir de sentimentos que tanto aproximam as almas, interrompido foi pelo major Oldemar, que já optara pelo traje paisano, em tom brincalhão:

— Vim fazer a minha ronda...

O coronel retrucou em análogo diapasão:

— Qual é a senha?

— Ordem e progresso!

— Pode passar.

Major Oldemar abancou-se com a desenvoltura dos temperamentos dominadores:

— Como têm corrido as coisas cá no seu baluarte?

Madureira não deu trela:

— Normalmente.

Major Oldemar, como policial que apurasse um delito, não se deu por achado:

— Não tem encontrado muitas irregularidades?

— Não. Nenhuma. — E com certa argúcia: — Talvez algumas impropriedades passíveis de correção, correção que dependerá provavelmente de reformulação geral do órgão, da qual tanto se falou e que ainda não foi proposta.

— Será feita, coronel. Será feita. Muita tarefa já foi executada, muita providência já foi tomada, nossos grupos de trabalho estão funcionando a pleno contento. Mas os problemas não são poucos e são da mais variada natureza, de maneira que muita coisa ainda está sendo equacionada!

— Pois esperemos, então. — E Madureira falou com blandícia: — Antes disso, se encontrar alguma incorreção mais grave, acho que tenho critério suficiente para corrigi-la. Como não me considero infalível, qualquer dúvida que tiver, consultarei o general para depois decidir. — Suspendeu o tom: — Quanto a deslizes, caracterizadamente criminosos, saberei distingui-los e saberei como agir.

Major Oldemar tremeu nas bases, dirigiu o olhar duro para a secretária, que suportou a investigação e adorara o coronel — esse velhinho fantástico! Mas não era homem que largasse facilmente a presa.

— É a conduta que esperamos da sua reputação, coronel Madureira! Como dizem os ingleses: *The right man in the right place!* E faço questão de solicitar muito penhoradamente a sua audiência para um importantíssimo capítulo dessa reformulação — a questão dos créditos, com a qual vem mantendo íntimo contato. Ninguém melhor do que o coronel poderá nos instruir. Está por dentro do assunto... Completamente por dentro... A cordialidade da minha visita, aliás, não tinha outra finalidade.

Madureira estremeceu, mas replicou:

— Quando quiser. No que depender dos meus fracos préstimos, estou pronto a colaborar. — Fez uma pausa: — Mas não antes, major, de ser designado pelo general.

Major Oldemar não contava com aquela:

— Claro, coronel! O general é quem determina. — E levantou-se: — Estamos entendidos. Perfeitamente entendidos. E muito obrigado.

Encaminhando-se para a porta, passou pela mesa onde se aninhava a secretária e não trepidou, pondo na voz e no gesto o melhor que podia de amistosidade:

— Muita felicidade, minha amiga!

Veio buscar lã e saiu tosquiado... — foi o que Almerinda quis dizer ao coronel, mas, arrependendo-se a tempo, não disse. Madureira levantou-se para ir ao sanitário. Quando voltou, dona Almerinda terminara os retoques da maquilagem:

— Está na hora, coronel. Vou me mandando... Tenho ainda que passar no cabeleireiro. Marquei hora. Estou com o cabelo horrível! Parece estopa.

— Que desconfiança, dona Almerinda! Está muito bem tratado.

Ela fez um arzinho magano:

— O senhor não entende disso... Bom sábado e bom domingo para o senhor.

— O mesmo lhe desejo, dona Almerinda. E boa praia!

— Lá estarei, firme como o Pão de Açúcar!

Sábado... Apesar dos costumeiros cuidados, metade dos ovos de legorne gorou. Os caramujos atacaram os viçosos rabanetes — e toca a exterminá-los. Estava brotando tiririca entre as hortelãs — e toca a catá-la. O liquidificador não era tão silencioso quanto garantia o multicolorido prospecto... Como podem ser longos os dias!

— Que raio de perfume é este, Linda?

— Avon.

— Insuportável!

— Eu acho que você está com o nariz entupido.

— A loção do procurador é melhor.

— Que procurador?

— Um lá do SEGAL.

— Hum...

"Hum", no linguajar da mulher, queria dizer "mais". Madureira alongou a explicação o quanto pôde e por um triz ia deixando escapar o nome da secretária. Não era suficientemente palpitante e ela desinteressou-se:

— Vou tratar das suas torradas. Se eu não me lembrar, você fica sem elas tão certo quanto eu ser filha de minha mãe. Esta menina é de morte! Se esquece de tudo. Só pensa em namorado.

— Está na idade, Linda.

— Que idade! Assanhamento é o que é.

Ele se calou — para que insistir?

Domingo... O seu jornal predileto continuava, aberta ou indiretamente, metendo o malho na situação — os preços dos transportes ameaçavam vertical subida, os preços dos gêneros de primeira necessidade não se estabilizavam ao menos, a carne desaparecia dos açougues, o pão das padarias e os remédios das farmácias, organizações estudantis eram fechadas e universidades interditadas, presos políticos eram seviciados, numerosos asilados permaneciam em embaixadas com dificuldades nos passaportes e nos inquéritos instalados cometiam-se os mais criminosos abusos. Resmungando contra a falta d'água, a empregadinha saiu depois do almoço. O pintor biscateiro viera combinar a pintura da varanda e da entradinha, bastante avariadas, ajustaram a obra, ele começaria na segunda ou terça-feira, mas depois do meio-dia, antes seria impossível.

— Mas vai demorar?

— Não, madama. Eu sou ligeiro. Quem trabalha de empreitada tem que ser ligeiro...

— Muito cuidado com o sinteco, veja lá...

— Não há perigo, madama. Não sujarei nada. Sei trabalhar. Não vou usar broxa. Vou usar o rolo. Com rolo não respinga. Os arremates é que farei de pincel.

O operário partiu. Deolinda comentou:
— Não fui com a cara desse sujeito... Se você estivesse na tropa, seu bagageiro faria isto em um instantinho.
— É. Tudo tem seu tempo.
— Pintar é fácil.
— Você é que pensa.
— Não penso não. É fácil mesmo.
Meteu a viola no saco — para que insistir? Zanzou pela casa, dormitou na rede. A noite desceu — estamos no outono... Deolinda avisou:
— O Lacerda vai falar na televisão contra a revolução.
— Já estava tardando. Sebo para o Lacerda!
Deolinda mantinha as suas admirações:
— Virou a casaca?
— É um doido! Doido varrido! Chega de desordem!
— Pois eu vou ouvir.
— Bom proveito.
— Você está com uns modos hoje... Que é que há?
Fugiu de explicações. Foi para a cadeira de balanço da varanda. Até ele vinha a brisa do morro e o vozeirão televisado — por que Linda não diminui o volume? Ninguém ali era surdo... E o grilo não parava... E o gato escorreu pelo muro... E decidiu-se mesmo pela pulseirinha de ouro com o nome gravado para Vera Lúcia. Mas para dona Almerinda? Fosse o que fosse, não deveria retribuir imediatamente — não lhe parecia distinto...

Na segunda-feira — dormira mal — almoçou às pressas, e a empregadinha emburrada. Saiu logo depois, deixando recado com a mulher:
— Quando o chofer vier, diga-lhe que já fui. Vou antes dar umas voltas pela cidade. Tenho umas providências a tomar.
— Por que você não telefonou para ele te apanhar mais cedo? Era mais prático.

Falou a verdade:

— Me esqueci...

— Precisa tomar fosfatos.

— Talvez. Vou pensar nisto.

Deolinda quis ser oportuna:

— Então eu podia aproveitar e pedir que ele me levasse à casa de Dorinha. Há mais de uma semana que não vou lá.

Mostrou-se teso:

— Não, Linda. Não fica direito. Vá mesmo de ônibus, como sempre foi. O carro é para serviço exclusivo do SEGAL. É preciso começar a moralização por cima.

— Grandes coisas!... Um minutinho só...

— É uma questão de princípio. Se não pode, não pode.

— Aposto que os outros não são tão escrupulosos...

Não chegou a ser ríspido:

— Eu não sou os outros.

Por milagre, ela compreendeu-o, admirando-o no fundo:

— Está bem, Madu. Mas, então, eu não vou.

— É problema seu.

Ela ficou olhando-o, ele arrependeu-se da secura:

— Por que diacho só você vai ver Dorinha? Ela não ficaria sem pernas se viesse cá... A distância é a mesma.

Deolinda estava de boa maré:

— Você está muito impertinente, muito nervoso. Se é a interventoria que te deixa assim, larga esta porcaria!

— É bom dizer...

— Larga, ué! Primeiro a saúde.

Não deu resposta, foi apanhar o ônibus, que vinha meio vazio e logo se apinhou — o veículo caindo aos pedaços, o motorista dando freadas violentas e injustificáveis, o trocador imundo e insolente, merecendo uns tabefes! Cedeu o lugar a uma senhora grávida, bonita senhora, continuou o percurso em pé, pendurado como carne em açougue, uma dorzinha despontando na ilharga, a catinga do homem de blusão insuportável.

Rodou pelo centro, havia tantos mendigos, tantos camelôs, com as mercadorias expostas sobre caixotes, tantos cegos arrancando tristes músicas dos pobres instrumentos, que lhe traziam a lembrança de feiras nordestinas — rua do Ouvidor, rua Gonçalves Dias, rua Sete de Setembro, avenida Rio Branco, Galeria dos Empregados no Comércio. E longamente namorou vitrines de joalheiros, de perfumarias, de modistas, de quinquilharias — tanta coisa linda! que bom gosto na apresentação das mercadorias! A indecisão tomou-o, não resolveu nada — precisava de mais calma, até ficava feio retribuir imediatamente...

E o tempo se enfarruscou. Apressou o passo, mas prudentemente obedecendo as passagens para pedestres e, ainda mais prudentemente, só atravessando com o sinal fresco. Quando chegou ao SEGAL, na hora exata, não encontrou dona Almerinda, que habitualmente esperava por ele e ficou apreensivo — o que teria havido?

Compareceu Alselmo:

— Coronel, dona Almerinda mandou avisar que não pode vir hoje. Lamenta, mas não pode. Passou mal a noite.

— Oh! É grave? (E pensou: — Também ela?)

— Certamente não, coronel. Provavelmente algum resfriado. Anda muito resfriado por aí. (Perdera alto na noturna de quinta-feira, na sabatina e na domingueira, tinha ido a um inferninho para levantar a moral, Almerinda enchera a caveira de uísque nacional, acordara com uma dor de cabeça cachorra!)

— Sim, é verdade. Anda muito resfriado por aí — confirmou compenetradamente o coronel.

(Muito resfriado e uma boa epidemia de uruca... Sessenta e cinco mil pratas em três carreiras seguidas era para descadeirar um bom brasileiro!) E Anselmo, ante a apreciável pausa do coronel, resolveu se arrancar:

— Alguma ordem?

— Nenhuma. Estimo as prontas melhoras de dona Almerinda.

— Se ela mandar telefonar, eu darei o seu recado, coronel.

Ousou perguntar:

— Dona Almerinda não tem telefone? (Se tivesse, ficaria mal telefonar?)

— Não. Está na fila há mais de cinco anos! Usa o da vizinha. Vamos ver se agora resolvem esta história de telefones... Já está fedendo!

Madureira também não tinha, também aguardava na insolúvel fila de pretendentes. O coronel Ataualpa, da Intendência, destacado fora para um Batalhão Rodoviário que operava em construção de rodovias no Nordeste, e deixara o aparelho emprestado. E quando Ataualpa voltasse, como se arranjaria? Mostrou-se esperançoso:

— Creio que solucionarão.

— Acho bom. De promessas andamos atochados, coronel! Literalmente atochados! — E Anselmo saiu com a sua ginga escanifrada.

Que solidão!

E a solidão foi cortada pelo chamado telefônico da parte do general que precisava falar com ele urgentemente:

— Tive uma brecha, na lida aqui, que é de tirar o couro! e mandei convocá-lo, meu caro Madureira. Quase não conversamos, praticamente nem nos vemos fora das reuniões, parece até que vivemos em galáxias diferentes. Como vai se portando no seu setor?

— Foi uma trabalheira que você me arranjou, mas vou tocando o barco sem maiores complicações. Tenho sido feliz, é o que é. Você não me tesa... O contador-chefe me assiste atentamente. É funcionário de excepcional capacidade e operosidade, de maneira que com seu concurso safei-me de algumas dificuldades iniciais... Hoje é que estou um pouco de perna quebrada. Minha secretária adoeceu, felizmente coisa sem gravidade, segundo me informaram e amanhã, por certo, estará aqui. Também me ajuda muitíssimo, simplificando imensamente a minha tarefa. Pode-se dizer que é a minha mão direita...

— Deu-me favorável impressão nos raros encontros que tive com ela. Amadurecida. Insinuante. E inteligente.

— Inteligentíssima!

— Me afigura ser pessoa de confiança.

— Total!

— E é do que precisamos. Gente de gabarito à nossa volta, gente com que possamos contar, gente que não nos cause apreensões, que não nos arme enredos. Mas queria discutir com vosmecê umas coisitas. Não tem nada que o amarre agora?

— Não, Pantaleão. Estou ao seu dispor. Vamos a elas.

— Primeiro, pretendo desmanchar toda essa babel, e tenho meus assessores lá fora, gente competente, que atua no Ministério do Planejamento. Vamos agir na surdina e conto com vosmecê.

— Pode contar. Inteiramente!

— Sabia que sim. Conheço bem aqueles com quem posso contar. Segundo, tenciono fazer uma viagem de inspeção pelos estados. Quero ver *in loco* como as coisas marcham nas delegacias. Pulga atrás da orelha, sabe... Vosmecê é meu substituto. Tem que se desdobrar!

— Sei que não estou à altura, Pantaleão, mas farei o que estiver ao meu alcance.

— Que não está à altura!... Não me venha com frioleiras! Vosmecê está mil furos acima de qualquer outro! Vosmecê merece irrestrita confiança, para mim tem carta branca, o que fizer contará com minha integral aprovação. Mas aí é que o carro pega... Vosmecê é escrupuloso, sensato, inimigo de conflitos e o major Oldemar gosta um pouco de avançar o sinal...

— É um rapaz dinâmico.

— Dinâmico demais para o meu gosto, meu velho... Vamos pôr os pingos nos iii... Mete o nariz em tudo, especialmente naquilo que não é da sua conta nem risco. Já o peguei não poucas vezes com a boca na botija... Por mais que parafuse, não sei quais são as suas verdadeiras intenções... Confiar, desconfiando, como aconselhava o Marechal de Ferro... E para evitar confusões, vou dando o contra no que posso. Claro que em muitas sugestões e iniciativas não consegui ver má-fé e aprovei-as. Mas é bicho-de-concha... Você terá que trazê-lo como eu o trago: de rédea curta. Será que pode?

Embora não confiasse muito na sua eficiência, procurou serenar o velho companheiro:

— Pode ir descansado, que eu agüentarei o poldro. E vai com o genro?

— Não, Madureira. Meu genro fica sustentando a retaguarda e amparando vosmecê. Levarei o capitão Tibiriçá, perturbando um pouco o esquema do major Oldemar... Com essa rapaziada da ativa não se deve dormir de touca...

Madureira admirou o caro estrategista, não era à toa que ele chegara ao que era:

— Bem craniado! E quando pretende partir?

— Estou assuntando. Talvez de uma hora para outra. Nada de aviso prévio... Assusta as moscas...

— Quer dar uma incerta, não é? Apanhar o inimigo de surpresa...

— Justamente!

— Você é um cabra sarado! Ninguém o embrulha! Mas me diga cá uma coisa: é preciso que eu venha despachar aqui na sua sala? (E pensava como iria deixar dona Almerinda, se ajeitar com as secretárias de Pantaleão.)

— Dava alteração, não dava?

— Acho que sim. Já estou acostumado lá com os meus troços, com o meu pessoal...

— Pois fique onde está, gato velho, e está muito bem. A montanha que vá a Maomé...

Uma mocinha apareceu, olharzinho matreiro, o penteado semelhando juba. O general não gostou da intromissão sem permissão, fechou o semblante:

— Que passa?

— São as novas tabelas de fretes e os índices de correção monetária. Major Oldemar mandou entregar.

— Perfeitamente. Deixe tudo aí. E diga ao porteiro, senhorinha, diga ao porteiro que a ordem é de não entrar ninguém, enquanto eu não determinar em contrário.

Ela percebeu a indireta:

— Sim, general.

Colocou o papelório sobre a mesa e chispou. Pantaleão sorriu:

— É assistente do major Oldemar. Veio enxerir. Ver se pescava alguma piaba. Voltou de samburá vazio...

— A pobre não sabe com quem está lidando...

— Acaba aprendendo.

Madureira pôs-se de pé:

— E que acha da situação?

— Confusa, mas está se aclarando. Esses politiqueiros são muito safados e ainda não desconfiaram que não têm mais vez nem voz, foram varridos como lixo! A coisa mudou mesmo! O presidente tem mão forte. É um bom timoneiro e caráter impoluto! Quem puser a cabeça de fora leva cacetada! E cacetada de deixar mossa! Não estamos numa republiqueta.

— Tem lido os jornais? Alguns articulistas se queixam que nada melhorou... O custo de vida continua subindo...

— E você acha que poderá melhorar de uma hora para outra? Sempre há descontentes. Quem caiu do galho não deve estar gostando... Há articulistas e articulistas... Não vá muito atrás do jornal, não. O pranto é livre.

— Mas não haveria um jeito de apressar as medidas? O povo anda sofrendo... Sofrendo muito... Francamente não sei como os pobres conseguem comer com o preço a que chegaram os gêneros alimentícios. O feijão subiu, o arroz...

Pantaleão interrompeu-o:

— Estamos em bom caminho, meu caro Madureira. Não desespere! Ainda teremos uns desequilíbrios perfeitamente compreensíveis e inevitáveis, mas breve tudo será ajustado. O Brasil tem potencialidades gigantescas! Vai ser um imenso celeiro!

Quando chegou em casa encontrou a mulher na cozinha preparando a bóia — a empregadinha, durante o dia, pedira as contas, depois de repreendida.

— Você aí?

— Para você ver...

— Que espiga! Não faltava mais nada...

— Não fico sem braços por causa disso... Estou acostumada. Até foi bom ficar livre daquela peste! Já estava me enervando. Muito preguiçosa, muito respondona e muito lambuzona. Você não pode imaginar, Madu, como estavam as panelas... Imundas!

— Quer que te dê uma mãozinha?

— Não precisa, marido. Vá tomar seu banho.

— Tem água?

— Graças a Deus!

Madureira parou na porta da copa:

— Pantaleão vai viajar.

Deolinda estacou com a escumadeira na mão:

— E você como é que fica?

— Ficarei substituindo-o.

— Você agüenta? Não é muita canseira?

— Tenho que agüentar. Quem entra na chuva é para se molhar...

— Vê lá o que vai fazer... Você parece que anda dando o prego... Precisa ter cautela. Disse e repito: se for pesado, deixa o SEGAL. Até agora vivêramos sem isto, para que forçar a natureza?

Não deu resposta, aprontou-se, foram para a mesa. Sempre achara a comida feita pela mulher infinitamente melhor que qualquer outra:

— Está saborosa esta carne assada com molho de ferrugem. De se lamber os beiços!

— É o refogado. Aquela bruaca não queria se dar ao trabalho...

— Para cozinhar não é preciso só ter disposição, é preciso ter gosto, sabedoria nata.

Era uma das fraquezas de Deolinda — gostava de ouvir os elogios maritais aos seus dotes culinários. Pavoneou-se toda:

— Mamãe sempre dizia: quer ver seu marido feliz, trate bem do estômago dele...

— Sua mãe era uma mestra! Bacalhau como ela preparava, nunca vi outro igual! Nunca! Levava pimentão, não levava?

— Só para dar o toque...

E Madureira enchendo o garfo:

— Você providenciou substituta?

— Dona Dalila me disse que iria falar com a servente lá da escola. Talvez a negra arrumasse uma sobrinha. Tem milhões de sobrinhas! Mas se for como a sarará, prefiro ficar sozinha. Antes só que com um demônio atrás da gente... — E Deolinda, escolhendo um palito, mudou de assunto: — Por que Pantaleão vai viajar?

— Quer inspecionar as delegacias. Anda desconfiado... Pantaleão é cabra tinhoso.

— E vai se demorar muito?

— Francamente não sei. Sabe que não perguntei?...

Deolinda riu:

— Você não muda, Madu!...

Ajudou a mulher a tirar a mesa. Ajudou-a a guardar os pratos — detergente simplificava a lavagem, era uma invenção mesmo maravilhosa! O telefone tocou, atendeu-o — era engano. Quando estava preocupado, jogava paciência, prática contra a qual Deolinda exercitava a sua verve:

— Não tenho paciência de fazer paciência...

Pegou no velho e ensebado baralho francês e fez três napoleônicas sem acertar nenhuma. O valete de espadas era a cara do major Oldemar... A dama de copas, segurando um buquê de flores, lembrava bastante dona Almerinda... Como estaria ela? — inquietou-se.

A inquietação perseguia-o quando empurrou a porta do gabinete e recebeu na face a frescura ambiente — dona Almerinda lá estava!

— Ora viva! Está melhor?

— Estou boa, coronel. Pronta para outra. Vaso ruim não quebra...
— Muito me alegro. Senti muitíssimo a sua falta.
— O mesmo digo-lhe eu e de todo o coração. Mas foi impossível comparecer, eu que não falto nunca, que venho às vezes sabe Deus como!
— Resfriado?
— Não, coronel, não foi resfriado. Uma indisposição passageira. Mas terrível! De arder! A cabeça doía de matar, mal podia abrir os olhos, um tantinho que fosse, a luz era insuportável! E não sei a que atribuir, por mais que me interrogue. Não fiz nenhuma imprudência, não comi nada que pudesse fazer mal...
— A natureza humana é um mistério, minha amiga!
— O senhor disse muito bem. É um mistério!
Madureira sentou-se. Ela continuou:
— Mas tudo correu direito ontem, não foi?
— Mais ou menos... Alguns assuntos ficaram parados, dependendo da sua assistência...
— Oh, que notícia encabulante! Mas não há de ser nada! Resolveremos tudo hoje. Cem por cento!
— Não nos afobemos. — Abriu uma pasta a esmo: — Aproveitei a sua ausência e tive uma conversa comprida com o general. Na realidade foi ele que me chamou. Tínhamos muitas providências a discutir. — Fez uma pequena pausa: — Falei muito bem da senhora e do senhor Anselmo...
— O senhor é um pão!

O perfume era outro, como se ela fosse flor encantada que tivesse o sortilégio de, conforme o dia, desprender diferentes fragrâncias. E fez questão de notá-lo:
— O perfume que a senhora está usando não é o mesmo...
— Percebeu, hem!... É Cabochard. Gosta, não gosta? É a última moda...
— Parisiense?

— Quando se fala em perfume, mas perfume mesmo, está implícito que é francês...
— Muito agradável.
— Divino!
— E de contrabandista... — sorriu.
— Claro! São providenciais...

O contínuo trouxe o cafezinho, Madureira não usava açúcar, usava sacarina — era incrível como tabletes tão pequenininhos podiam adoçar tanto! As horas se vão e com elas o voluptuoso prazer de bater papo:

— Quantas peças tem o seu apartamento, dona Almerinda?
— É pequeno, mas bacaninha, como já lhe disse. Tem uma entradinha, uma sala mais do que espaçosa, jardim de inverno, pequeno mas gostoso, com piso de cerâmica, uma vistazinha para o mar. Tem dois quartos e já sabe de quem são... E banheiro com bastante luz, mesmo nos dias mais sombrios, cozinha bem jeitosa, quartinho e banheiro de empregados e uma área de serviço além da expectativa...
— É grandezinho...
— E sem contar prosa, bem arranjadinho... Só gosto de móveis antigos... Não passam de moda... Não há nada que envelheça mais depressa do que um móvel moderno... Tenho horror a esses pés de palitos, a essas mesas como rins, a essas formas quadradas, lisas, de falsa simplicidade! Só denunciam falta de imaginação, falso funcional... A única coisa mesmo funcional é a beleza, não é?

Respondeu por responder:
— Sim.
— Tenho uma cômoda, que foi da vovó, que é um colosso! Um atestado de bom gosto! Contemplá-la já é uma serenidade. Sempre que ia ao Maranhão, arrecadava uns trastes... A família possuía muitos, até encostados, não ligava a mínima importância a eles, considerava velharias... O que se perdeu não foi brincadeira! Jogavam fora, davam, vendiam por qualquer preço, deixavam apodrecer, um verdadeiro vandalismo! Eu me lembro de peças precio-

sas! E muito pouco salvei em relação ao que havia. Tenho um dunquerque de jacarandá, com pés de garra, simplesmente primoroso! Estava atirado no galinheiro na casa de um tio, servindo de poleiro, veja só! Tenho um tocheiro de prata, que é uma maravilha! Não tem preço... é o que dizem os entendidos. Um antiquário queria a viva força comprá-lo — ficou tarado pela peça! Pertenceu a uma igreja de Alcântara. Minha gente é de Alcântara. Foi uma cidade muito rica, cada casarão de cair o queixo! Agora está em completa decadência, uma verdadeira miséria! Não se encontra nada mais lá. Foi rapada! De lá eu trouxe uma vez duas gravuras francesas da melhor qualidade. As molduras é que estavam em pandareco, tive de fazer outras.

— Que representam as gravuras?

— Cenas galantes de alcova. Deliciosas! Pendurei-as no meu quarto. — Fez um ar brejeiro: — Adequadamente... — Desfez o ar brejeiro: — Como adequadamente está, sobre o aparador, uma natureza morta de Cézanne. Reprodução, bem entendido. Adoro Cézanne e quem não tem cão caça com gato...

Madureira tinha as paredes peladas — na sala de jantar a Ceia do Senhor feita de uma espécie de galalite creme, na entradinha o barômetro, que era um chalezinho suíço de madeira, e na sala de visitas os retratos dos pais de Deolinda, ovais, coloridos, ampliações de velhas fotografias, a sogra com redondinho coque no cocuruto, o sogro de colarinho duro e retorcidos bigodes... E só pôde dizer:

— Dá gosto ter uma casa bem-arrumada, bem adornada...

— Se dá! Quando eu entro em casa, fico serena, protegida, como se o mundo cá fora não existisse com os seus atropelos e loucuras. Ouço minhas músicas na vitrolinha portátil — sou muito versátil em música... Pego meus livros... A vida decente... A vida como ela deve ser.

Quem demonstrava tantos conhecimentos, tanta sensibilidade, era pessoa instruída amante da leitura — sabia, e mesmo assim perguntou:

— A senhora lê muito?

— Menos do que devia. O tempo que nos sobra hoje em dia é insignificante! Só o que perdemos em condução... Mas, em todo caso, não durmo sem liquidar umas vinte páginas. É como uma regra, um ato religioso... Do contrário vamos ficando burros, não concorda?

— Sim, sim... Concordo... Vamos ficando burros... — respondeu constrangido, lembrando-se de que se passavam meses sem que abrisse um livro, salvo seus manuais de avicultura e horticultura.

— E lê romances?

— De uns tempos para cá só leio romances. Cheguei à formal convicção de que somente a ficção é a absoluta realidade. (Vira isto em recente entrevista de um escritor famoso e, sem a menor cerimônia, sapecara como idéia própria.) Guimarães Rosa é presentemente o meu autor de cabeceira. Está me interessando intensamente. É curiosíssimo! Suas "estórias" são fabulosas!

Ele não percebeu a sutileza vocabular. Houve um silêncio — Madureira estonteado por um mundo de coisas que desconhecia, a que nunca dera atenção, que sempre considerara supérfluas — e ela rompeu-o:

— E o senhor mora em apartamento?

— Não, moro numa casa. Própria. Comprei-a há mais de dez anos, quando estava na ativa e servia no Norte. Dizem que fiz uma pechincha... Ficou alugada. Quando caí na compulsória, a princípio pensei ficar mesmo no Norte, numa praia da Paraíba, que me encantava muito. Lindíssima! E fiquei três anos. Mas acabei vindo para o Rio. (Quem decidira fora Deolinda, saudosa do Rio, mas cauteloso, envergonhado pudor proibia de mencioná-la.) Diacho foi botar o inquilino para fora!... Levou cerca de dois anos para sair, o bandido! Pintou o caneco comigo! E com advogado em cima, porque eu também não dei tréguas — aperreei o bruto! Afinal desocupou-a, mas tive de dar ao descarado uma indenização bem puxada! Em todo caso valeu. Lá estou há quase um ano. É uma boa casinha. Só que não tenho as belas coisas que a senhora possui...

— Tudo é questão de tempo... Pouco a pouco irá adquirindo-as... Roma não se fez em um dia, como diz o ditado.

— Não é questão de tempo, não, dona Almerinda... — disse com suavidade: — Sempre a minha vida foi na base do transitório, do acampamento... Essas coisas pegam.

E ao chegar em casa sentiu, e na verdade pela primeira vez, como uma tardia revelação, a pobreza meio franciscana, meio roceira, do seu ambiente — trastes sem categoria, sem dignidade, sem beleza, a falta de objetos de arte... E Deolinda ainda na cozinha. Condoeu-se:

— E de empregada, nada?

— A negrinha prometida ainda não apareceu. É aquela velha mania... Não querem nada com o batente... Querem é gafieira e escola de samba... Mas não vou morrer por isto! — Jogou o macarrão na água fervente: — Olha, o pintor esteve aqui. Veio sondar se não queríamos pintar a sala, que ele achava que estava precisando. Eu disse que agora, não. Mais tarde, sim. E ele seria chamado.

— Fez bem. Fez bem. Depois nós cuidaremos disso. Precisamos mesmo dar uma pintura melhor. A que está é muito ordinária. Mas talvez antes pudéssemos comprar uns outros móveis. Coisas melhores.

— Melhores?! Que idéia, Madu! Os nossos são tão bons.

Madureira resignou-se logo:

— Sim, Linda, são bons. Não pensemos em mudá-los. — E mentiu: — É que vi na casa do Pantaleão uns móveis antigos, muito bonitos. Uma cômoda de jacarandá... Um dunquerque com pés em forma de garra...

— Deixa isto pra lá, Madu! Detesto velharias! De velho basta nós.

Contemplou-a como se nunca o houvesse feito — sinceramente não a achava velha, de maneira nenhuma. Um tanto acabada, apenas. O pescoço já perdera um pouco a frescura, em volta das pálpebras havia um visível empapuçamento, mas os anos sempre eram os anos, que não perdoam ninguém! E levou a conversa para a brincadeira:

— Velho estou eu. Você ainda está um broto!
Deolinda deu um muxoxo:
— Brotoeja é o que você quer dizer!

Foram para a mesa com toalha de plástico imitando linho, farinheira de plástico imitando jacarandá, descanso para os pratos também de plástico, fruteira de alumínio fulgurantemente roxo. E a mulher a modo de desculpa:
— Fiz um jantarzinho bem simples. Você precisa comer cenouras, Madu. Cenoura tem muita vitamina. Botei um pouco de açúcar para ficarem mais gostosas. Aprendi isso outro dia.
— Você sempre novidadeira!...
Comeu as cenouras — superiores! elogiou-as, embora não gostasse de cenouras. E Deolinda:
— O arroz subiu.
— Outra vez?
— Outra vez!
— Parece que é esta complicação de entressafra...
— A carne subiu... Um arranco bom!
— Ouvi dizer que vão fazer intervenção nos frigoríficos. Uns exploradores!
— Intervenção militar?
— Parece que sim.
— A manteiga também subiu... Felizmente estou usando na cozinha apenas margarina. Substitui a manteiga perfeitamente.
Madureira não soube dar explicação — e passou demoradamente o guardanapo na boca. E Deolinda sugeriu que se fosse ao cinema. Ele relutou:
— Mas você não está cansada?
— Exatamente por isso, Madu. Foi uma batalha hoje! Preciso ventilar a cabeça.
Concordou:
— Pois então vamos.
Novamente envergou a camisa esporte verde-garrafa. No noticiário, ao aparecerem figuras e acontecimentos da situação, hou-

ve palmas e manifestações de desagrado. Mais manifestações de desagrado. E Madureira saiu do cinema pensativo, tão pensativo que a mulher interpelou-o com a velha troça:

— Está pensando na morte da bezerra?

Nova expedição matinal, desta feita requisitando o automóvel. Dona Almerinda gostava de antiguidades — era uma boa pista... Quem sabe encontraria um objeto interessante, um adorno, um castiçal, um almofariz, como já vira em páginas de decoração nas revistas?

O motorista forçou a conversa:

— Como é, coronel, os preços não vão baixar, não? Estão de lascar! A patroa lá em casa não sabe como há de se virar.

— É preciso ter um pouco de paciência, rapaz. Milagres ninguém pode fazer. Ninguém é santo. O governo empenha-se no problema. Estão sendo tomadas as providências. Mas os efeitos não podem ser imediatos. Os atacadistas são gente muito poderosa...

— É dar um pau neles!

O coronel não disse nada — talvez fosse a solução... O motorista concluiu:

— O jeito é a gente apertar o cinto, não é, coronel? Abrir mais uns furos... Pobre vive de teimoso que é!

E percorreu leiloeiros da rua da Quitanda — que fortuna custava um tapete persa! Apreciou imensamente umas miniaturas chinesas — que trabalho delicadíssimo! só poderia ser visto bem com lupa! Nunca imaginara que os objetos de prata custassem tanto dinheiro! Mas da vistoria nada resolveu.

Encontrou um punhado de processos para debulhar e cartas para assinar. Após o que toca a taramelar:

— A senhora veio cedo para o Rio?

— Vim com 15 anos, coronel. Meu tio e padrinho era funcionário do Senado, funcionário graduado da taquigrafia e com ele é que eu aprendi essa prenda. Já morreu. Vim para a casa dele, no

Grajaú. Aqui é que terminei o ginásio. Tinha minhas fumaças... Queria me formar em direito, cheguei a fazer o vestibular e obtive boa colocação — estava afiada para o exame... Mas me casei... e o senhor já sabe o que foi meu casamento... Felizmente não há mal que sempre dure... Depois de desquitada é que fui trabalhar. Precisava, não é? Meu tio ainda vivia, era uma pérola de homem e foi ele que me colocou no Ministério do Trabalho como contratada, mas depressa fui efetivada. Pelo menos era uma garantia... Mas não posso esquecer que tive lá uma rara oportunidade... nem tudo são dissabores... Havia um chefe, doutor Aderbaldo Pires, que me distinguia muito, até com exagero. Foi delegado a uma conferência de acidentes de trabalho em Genebra, quebrou lanças e me levou na delegação como datilógrafa, dei duro na máquina, mas valeu. Foram 15 dias lá! A Suíça é linda! Maravilhosa! Parece um cartão-postal! E que ordem, que asseio, que organização! Impressionante! Depois, tendo direito a férias, alonguei o passeio por mais um mês e meio. Não era boba, não é? Fui à Itália e fui à França. Paris, é claro...

— Gostou de Paris, dona Almerinda?

— Como pode haver quem não goste? Paris é uma coisa, coronel! De enlouquecer!

Sem nenhuma maldade, perguntou:

— Foi com quem, dona Almerinda?

E ela que tivera como cicerone o viajado doutor Aderbaldo, e com ele fizera um amplo turismo de *boîtes* e restaurantes, respondeu sem pestanejar:

— Com uma colega de delegação. Uma moça excelente! Sozinha não ficaria bem, embora na Europa não se ligue nada a essas bobagens. É outra mentalidade. Civilização. E passei 15 dias em Paris. Que dias! Foram os melhores da minha vida!

— Compreendo. Paris deve ser deslumbrante. — E, por um momento, Madureira passeou com ela pelos *boulevards*, perambularam pelas margens do Sena, foram à ópera, onde aqui nunca entrara, contemplaram o Arco do Triunfo, visitaram — ele, emociona-

do — o túmulo de Napoleão, percorreram museus, jantaram em restaurantes famosos, descortinaram toda a cidade do alto da torre Eiffel, como já tantas vezes vira no cinema. Logo voltou à realidade: — Gostaria de ter viajado pelo estrangeiro... Areja, não é mesmo? Quando servi em Jaguarão, arquitetei uma ida a Montevidéu, com provável escapula até Buenos Aires, mas foram tantas as complicações caídas em cima de mim, que acabei não indo e pouco depois fui removido. Mas estive em Rivera, que forma com Sant'Ana do Livramento, a bem dizer, uma cidade só: a fronteira passa pelo meio da rua principal... — Riu: — Não deixa de ser estrangeiro...
— Também não fui mais. Só aquela vez. Doutor Aderbaldo, o senhor sabe como são esses cargos em comissão, com a mudança do ministro foi chutado violentamente para *corner* e nunca mais ninguém se lembrou cá da mamãezinha...
— Quando menos se espera...
Ela deu o mais sonoro suspiro:
— Sou bananeira que já deu cacho, coronel!
— A senhora nunca deixará de dar frutos suculentos! — exclamou o militar, certo de que aquela mulher era o mais adorável e rico dos pomares.
Dona Almerinda sorriu, modesta.

Major Oldemar mandou chamar o jornalista, que se encontrava empenhado na elaboração do seu comentário esportivo na tevê:
— Como vai esta bizarria?
O redator estranhou a inusitada jovialidade e ficou de pé atrás:
— Como Deus é servido...
Ofereceu cigarro, acendeu o seu com isqueiro de propaganda do SEGAL, propaganda que considerava um desperdício:
— Gosto de escolher os meus colaboradores a dedo... Tenho cá uma incumbência para os seus talentos.
— Mande, major. E obrigado pelo bom conceito em que me tem.
— Deu-me provas convincentes da sua capacidade. Mas chega de confetes... Vamos ao que serve. Queria que você desse um suelto

no seu jornal, sem assinatura, é ponto pacífico, a respeito duma viagem de inspeção do general Pantaleão.

— Mas ele vai? Não sabia.

— Não, meu filho. Não vai. É para chacoalhar apenas esses caretas das delegacias. Vão ficar meio alarmados...

— Ah, sim...

— Psicológico, não é?

— Completamente.

— Pois é isso. Faça a coisa daquela maneira brilhante e eficaz que você sabe pôr nos seus escritos. E bico calado! Solte só o boato. Se puder em outros jornais, melhor. O resto é comigo.

— Será feito. E deseja mais alguma coisa?

— Não. Por enquanto chega. Devagar se vai ao longe...

— Até o Piauí.

— Nasci lá, rapaz...

O redator riu, saiu, o major apertou o botão da campainha, veio o contínuo, mandou chamar o sargento Josimar. Num átimo o sargento estava na sua presença:

— Pronto, major!

— Sargento, você sabe por onde anda o cabo Roque?

— Acho que está servindo na Diretoria do Material Bélico.

— Pois me desencrave o homem e depressa. Quero-o amanhã cedo aqui.

— Aqui estará, major!

Tinha missão para o cabo, missão delicada e sigilosa, e sabia o quanto ele era matreiro, dissimulado, rápido, faro de perdigueiro e discreto — um cofre fechado!

Ao mesmo tempo que tais iniciativas eram tomadas, Anselmo tomava as suas — esses caras não se mancam! Chamara o subcontador para um canto:

— Vamos começar a operação-tartaruga. Hoje mesmo. Moleza no serviço. Quanto mais moleza tanto melhor, mas que não deixe rastro... Compreendeu a jogada?

— Manjo! Está pra mim!
— Está pra nós... Vá botando o nosso pessoal logo no assunto, tá?
— Vou paparicar, deixa comigo. É mole! Vai tudo marchar em velocidade de lesma.

Almerinda consultou o reloginho-pulseira de platina e diamantes, remanescência de sua fase áurea na Comissão do Imposto Sindical — cinco horas. Tinha costureira marcada para as cinco e meia — mulherzinha chatíssima, mas que lhe concedia ilimitado crédito.
— O coronel ficaria zangado se eu hoje saísse mais cedo? Tencionava ir ao médico.
— Ora, dona Almerinda! Então eu ficaria zangado?! Vá!
— Ando impressionada. Domingo foi aquele vexame sem explicação. Esta noite senti umas tonteiras, um enjôo, uma opressão no diafragma... Fiquei inquieta. Decidi consultar meu médico. Sempre é melhor prevenir...
— Mas por que não me disse antes, minha amiga? Já teria ido há muito tempo! Com doença não se brinca!
— É que não queria deixá-lo sozinho, sobrecarregado. O dia de hoje era pesado. Eu sabia que teríamos trabalho a valer! Coisa para estivador!
— Dona Almerinda, a senhora me comove. Não faça mais destas! Ande, vá logo ao seu médico. E que não seja nada, são os meus votos. — E repetiu acrescentando um adjetivo: — Os meus sinceros votos.

Ela se foi. O aparelho de refrigeração ronronava como um gato. Madureira sentia a sala tomada pela solidão como um deserto. Olhou a máquina de escrever fechada — parecia um túmulo... Olhou o cinzeiro, ao lado da máquina, estava cheio até as bordas de baganas, a ponta do filtro manchada de batom vermelho, perturbadores vestígios dos lábios que os fumaram... E nem se passaram cinco minutos entra o capitão Tibiriçá. Trazia o edital "intimando a todos os servidores, no prazo de cinco dias, que encaminhassem os elementos indiciários da prática, por subordinados ou colegas de trabalho, dos atos capitulados no § 1º, art. 7º do Ato Institucional, atentatórios contra a segurança do país, e o regime democrático e a probidade da administração pública".

— Coronel Madureira, trago-lhe uma cópia do edital que eu e o capitão Machado craniamos. Acho que está bem explícito. (Alegação que não exprime a verdade, porquanto um dos procuradores emprestara à parceria o seu civil reacionarismo e o seu estilo de rábula.)

Madureira, que achava o capitão consumadamente presunçoso, agitado, muito bossa-nova, deu, contrafeito, uma vista no papel:

As informações neste edital solicitadas têm caráter urgente e rigorosamente sigiloso, assim como obrigatório, sendo considerado co-responsável em qualquer dos atos puníveis aqueles que, tendo dos mesmos conhecimento, deixem de comunicá-los. Das comunicações deverão constar: os relatos sumários dos atos infringentes ou delituosos e completa identificação dos servidores investigados, com nome, cargo, lotação e número de matrícula, bem como dos estranhos aos quadros funcionais, com a menção do domicílio e outros dados qualificantes; os elementos comprobatórios ou indiciários, sejam recortes de jornais, cópias de documentos, gráficos, organogramas e todos quantos possam facilitar a apuração dos atos, seus autores, participantes ou quantos tenham contribuído para os mesmos, ativa ou omissivamente; a indicação da forma mais precisa possível, da data em que os fatos ocorreram e, no caso de se tratar de prática continuada, desde que época vêm eles se verificando; a indicação da sociedade classista a que se filie o indiciado e ainda se está ligado a partido político fora da lei ou entidade clandestina que, de um modo ou de outro, tenha mantido atividades de natureza subversiva.

Susteve a leitura, com um doloroso vazio no peito — meu Deus! —, parecia que um abismo se abria aos seus pés, inspirou e expirou profundamente — era conselho para se acalmar, ministrado por um camarada que praticava a ioga —, leu mais:

> *O informante deverá abster-se de formular juízo ou opinião a respeito dos fatos comunicados, limitando-se a relatá-los objetiva e concretamente. Não é vedado, contudo, relatar as conseqüências advindas, para a administração e para o trabalho, da prática de tais atos, nem, de maneira sucinta, transmitir o conceito que, como chefe ou superior hierárquico, bem como companheiro de trabalho, tenha dos servidores sob seu mando ou colegas, apontados.*

Ainda havia mais linhas, certamente do mesmo teor, mas Madureira parou e, como se desmoronasse definitivamente qualquer coisa dentro dele, que andava periclitante, com voz sumida, sentindo-se mal, assaltado por uma sensação de desamparo, limitou-se a repetir palavras do capitão, levado por desalentadora franqueza:

— Acho que está bem explícito.

— O general aprovou-o inteiramente. Vamos mandar mimeografá-lo para distribuí-lo.

Pantaleão aprovara inteiramente... Era de amargar! Ainda se esforçou para postergar a distribuição:

— Mas há tanta urgência?

— Já deveria ter sido distribuído, coronel Madureira. Descobrir o cupim para salvar a árvore.

— E para salvar uma árvore, destruir uma floresta! — teve vontade de dizer, mas não disse.

E naquela noite, tendo apenas beliscado ao jantar, agoniado por uma espécie de náusea, precisou de dose tripla de calmante para dormir, sono, afinal, entrecortado de estremeções e palpitações. Antes, porém, ficou largo tempo na varanda, cuja pintura ainda cheirava fortemente a amoníaco, fonte de algumas reclamações da mulher, que se declarava alérgica a tais odores. Era uma noite escura, profunda, bordada de estrelas, do vizinho vinha a voz da televisão em alto tom, espalhando mais ameaças do que esperanças, da mataria de Santa Teresa descia a brisa fresca a afagar-lhe o rosto abatido e rugoso. Que estranha armadilha era a vida! — pensou. — Quando poderia ter paz? E o pensamento voou para os seus vegetais e para os seus galináceos que a escuridão escondia — como era maravilhoso ver um pintinho romper a casca! como era maravilhoso colher uma fruta! como seria maravilhoso criar pombos! E sentiu, dolorosamente, que as suas honestas ambições estavam esmagadas, perdidas. Sabia o que estava errado e sem remédio naquela máquina vitoriosa de que ele era uma rodinha enferrujada, apesar do azeite verde-oliva — como seria possível construir uma vida nobre ao sabor da delação, da estúpida perseguição, do desrespeito à integridade humana? Como? E estava amarrado! subordinado! obediente! emaranhado no torvelinho! Suspirou profundamente:

— Quando me verei livre desta prisão?

Nem a noite, nem as estrelas responderam, muda ficou a mangueira que encontrara coberta de erva-de-passarinho, onde as rolinhas cor de barro faziam pouso, muitas rolinhas, muitas! A voz da televisão baixara bastante, era apenas um remoto murmúrio. E o coronel dirigiu-se em passos arrastados para a cama, onde dona Linda já ressonava sob o cobertor escocês, sonhando — quem sabe? — com sua aprendizagem de motorista ou com o rejuvenescedor bisturi de um cirurgião plástico. O pijama se encontrava dobrado sobre a cadeira, os chinelos, marcados pelo uso, rentes ao tapetezinho felpudo, na mesinha-de-cabeceira o relógio, de amarelado mostrador, e o copo d'água para eventual necessidade noturna — a sua ordem, a ordem da sua casa, a ordem da sua vida... E lembrou-se desarvoradamente de Almerinda.

Este livro foi impresso em São Paulo,
em abril de 2003, pela Lis Gráfica e Editora,
para a Editora Nova Fronteira.
O papel do miolo é offset 75g/m²
e o da capa é cartão 250g/m².

Visite nosso *site*: www.novafronteira.com.br